Von Mignon G. Eberhart sind lieferbar:

Ein Doppelgänger kommt selten allein
Drei letzte Worte
Tödlicher Tango
Witwe werden ist nicht schwer

Mignon G. Eberhart

Tödlicher Tango

Scherz
Bern – München – Wien

Einzig berechtigte Übertragung aus dem Amerikanischen
von Mechtild Sandberg und Hedi Hummel-Hänseler
Eine Auswahl aus dem amerikanischen Originalwerk:
»Mignon Eberhart's Best Mystery Stories«
Schutzumschlag von Heinz Looser
Foto: Thomas Cugini

1. Auflage 1992, ISBN 3-502-51370-8
Copyright © 1934 bis 1988 by Mignon G. Eberhart
Gesamtdeutsche Rechte beim Scherz Verlag Bern und München
Gesamtherstellung: Ebner Ulm

Auftritt Susan Dare

Susan Dare beobachtete den dünnen blauen Rauchfaden, der träge aus dem langen Hals einer Tigerlilie aufstieg. Michela war also auch geflohen. Sie befand sich jedoch nicht auf der langen Veranda, die offen und leer unter dem klaren, heller werdenden Licht des aufgehenden Mondes lag, und auf dem silbrig schimmernden Rasen, der sanft zum Kiefernwald abfiel, regte sich nichts.

Susan wartete einen Moment lauschend auf das Klappern von Michelas hohen Absätzen, hörte jedoch nichts. Sie schob die Vase mit den Tigerlilien auf der niedrigen Fensterbank zur Seite, ließ die Samtvorhänge hinter sich zusammenfallen und hockte sich in die so entstandene kleine Nische. Es war wohltuend und beruhigend, auf diese Weise von dem Haus mit seinen unterschwelligen Feindseligkeiten abgeschirmt zu sein und sich der stillen Nacht draußen vor dem offenen Fenster hingeben zu können.

Schade, dachte Susan, gerade jetzt abreisen zu müssen. Aber nach diesem Abend konnte sie nicht bleiben. Man muß als Gast schließlich klug genug sein zu verschwinden, wenn sich in der Familie der Gastgeberin eine schwierige Situation entwickelt. Ihr Blick fiel wieder auf den dünnen Rauchfaden, der sich aus der Lilie emporschlängelte, und sie wünschte, Michela würde es lassen, ihre Zigarettenstummel in Blumen zu deponieren, auch wenn sie das noch so witzig fand.

Von irgendwoher drang der gedämpfte Klang von Stimmen zu Susan, und sie zog sich noch tiefer in ihre kleine Nische und die friedliche Nacht zurück. Es war ein unerfreuliches Abendessen gewesen, und ungefähr eine Stunde würde sie noch aushalten müssen, ehe sie sich mit Anstand empfehlen konnte. Nett von Christabel, ihr das Gästehaus zu überlassen; das grüne Häuschen drüben hinter dem Haus, durch die Hecke und den gewundenen schmalen Weg hinauf. Christabel Frame war die vollendete Gastgeberin, und Susan hatte bei ihr eine Woche voller Ruhe und Behagen genossen.
Aber dann war Randy Frame, Christabels jüngerer Bruder, zurückgekehrt.
Und fast gleichzeitig waren Joe Bromfel und seine Frau Michela angekommen und mit ihnen etwas, das alles Behagen zerstört hatte. Das alte Haus der Familie Frame mit den schlanken Säulen, den hohen Fenstern und großzügigen schattigen Räumen war das gleiche wie immer – die milde südliche Luft, die dunstigen blauen Hügel, der stille Kiefernwald und die von Blumen gesäumten Wege. Nichts hatte sich verändert. Dennoch war plötzlich alles anders.
Auf der anderen Seite der grünen Samtvorhänge rief jemand ungeduldig: »Michela ... Michela ...«
Es war Randy Frame. Susan rührte sich nicht, und sie war sicher, daß die lang herabwallenden Vorhänge selbst ihre silbernen Schuhspitzen verbargen. Er stand wahrscheinlich an der Tür zur Bibliothek, und sie konnte ohne hinzusehen sein rotes Haar, die geschmeidige junge Gestalt und das ungeduldige magere Gesicht vor sich sehen. Ungeduldig, mit Michela zusammenzusein. Ach, du Idiot, dachte Susan. Merkst du denn nicht, was du Christabel antust?
Sie hörte seine schnellen Schritte auf dem Parkettbo-

den des Foyers, dann war es wieder still, und Susan selbst machte eine heftige Bewegung der Ungeduld. Weil die Männer der Familie Frame angeblich alle rothaarig, ritterlich, aufbrausend und leichtsinnig waren, außerdem unglaublich dumm und egoistisch (fand Susan), hatte sich Randy diesem Klischee ohne Frage angepaßt. Teile des Gesprächs beim Abendessen kamen Susan ins Gedächtnis. Sie hatten sich über die Fuchsjagd unterhalten – ein unverfängliches Thema, sollte man meinen, in den Bergen von Carolina. Doch irgendwie – durch Michela vielleicht? – war das Gespräch auf einen Stallknecht gekommen, der von einem der Frames erschossen worden war. Das war vor langer Zeit geschehen, war praktisch vergessen und hatte mit der heutigen Generation der Frames nichts zu tun. Dennoch hatte Christabel hastig versichert, es sei ein Unfall gewesen; schrecklich! Sie hatte bleich ausgesehen. Und Randy hatte gelacht und erklärt, bei den Frames wäre es Sitte, erst zu schießen und dann zu fragen, und in der obersten Schublade des Buffets läge immer ein Revolver.
»Hier ist sie!« rief jemand, und die Vorhänge wurden mit einem Ruck aufgezogen. Randys leicht erhitztes Gesicht zeigte Enttäuschung, als er Susan sah. »Ach«, sagte er. »Ich dachte, du wärst Michela.«
Andere kamen gemächlich aus dem Foyer herein, und eine Stunde der Höflichkeit wollte noch durchgestanden werden. Seltsam, wie plötzlich und unerklärlich die Atmosphäre steif und gespannt geworden war!
Randy hatte sich schon abgewandt und ging ohne ein weiteres Wort davon. Tryon Welles, der mit Christabel durch das Zimmer kam, lächelte Susan freundlich entgegen.
»Susan Dare«, sagte er. »Bei der Betrachtung des Mondes, während sie in aller Stille den nächsten Mord

plant.« Kopfschüttelnd wandte er sich Christabel zu. »Ich glaube dir einfach nicht, Christabel. Wenn diese junge Dame überhaupt schreibt, was ich bezweifle, dann höchstens sinnige kleine Gedichte, die von Rosen und Mondenschein handeln.«
Christabel lächelte schwach und setzte sich. Mars, dessen breites Gesicht glänzte, trug das Kaffeetablett herein. Joe Bromfel, der, dunkel und massig, in seinem Smoking zu schwitzen schien, blieb einen Moment an der Tür stehen, um einen Blick durch das Foyer zu werfen, dann kam er ins Zimmer.
»Wenn Susan Gedichte schreibt«, bemerkte Christabel scherzhaft, »dann ist das ihr Geheimnis. Du täuschst dich, Tryon. Sie schreibt –« Christabel zögerte. Ihre schlanken Hände schienen zu suchen, hingen wie unschlüssig über dem Tablett, und der große Amethyst an ihrem Ringfinger schimmerte in violetten Lichtern. Dann ergriff sie nach dieser kaum merklichen Pause eine der zerbrechlichen alten Tassen und schenkte aus der großen silbernen Kanne ein. »Sie schreibt Mordgeschichten«, fuhr sie ruhig fort. »Herrlich schauerliche mit vernünftigen Lösungen. – Zucker, Tryon? Entschuldige, ich hab's vergessen.«
»Ein Stück. Aber ist die Tasse nicht für Miss Dare?«
Tryon Welles lächelte immer noch. Er war als letzter der Gäste eingetroffen, ein gepflegter grauer Mann mit schmalen Augen, rosigen Wangen und einer freundlichen Art. Auffallend an ihm war höchstens seine Pedanterie bei der farblichen Abstimmung seiner Kleidung. Zum grauen Tweed trug er genau die richtigen Grüntöne – grüne Krawatte, grünes Hemd und ein vorsichtiger grüner Streifen in den grauen Socken. Er war unmittelbar nach seinem Anruf aus der Stadt hergekommen, mit dem er Christabel mitgeteilt hatte, daß er Geschäftliches mit ihr besprechen müsse,

und er hatte keine Zeit mehr gehabt, sich vor dem Abendessen umzuziehen.

»Kaffee, Joe?« fragte Christabel. Sie ging sehr routiniert mit dem feinen Porzellan um. Sehr routiniert und sehr anmutig, und Susan hatte keine Ahnung, woher sie wußte, daß Christabels Hände zitterten.

Joe Bromfel wandte sein dunkles, volles Gesicht wieder dem Foyer zu, sah nichts und nahm den Kaffee von Christabel entgegen. Sie vermied es, ihm direkt in die Augen zu sehen. Susan war schon aufgefallen, daß sie das häufig tat.

»Mit vernünftigen Lösungen«, meinte Tryon Welles nachdenklich. »Haben Morde denn vernünftige Lösungen?«

Seine Frage blieb in der Luft hängen. Christabel antwortete nicht, und Joe Bromfel schien sie nicht gehört zu haben.

»Bestimmt«, sagte Susan. »Schließlich mordet man doch nicht nur – na ja, nur um zu morden.«

»Nur zum Spaß, meinen Sie?« fragte Tryon Welles und kostete von seinem Kaffee. »Nein, das sicher nicht. Nun, wie dem auch sei«, fuhr er fort, »es ist angenehm zu wissen, daß Ihr Interesse an Mord rein theoretischer Natur ist.«

Er glaubte wahrscheinlich, leichte, heitere Konversation zu machen, dachte Susan. Er schien nicht zu merken, daß das Wort *Mord* jedesmal, wenn er es aussprach, wie ein schwerer Stein in die Stille des Zimmers fiel. Sie wollte gerade das Gespräch in andere Bahnen lenken, als Michela und Randy aus dem Foyer hereinkamen; Randy lachte, und Michela lächelte.

Beim Klang von Randys Lachen drehte sich Joe Bromfel schwerfällig nach den beiden um. Außer Randys Lachen war nichts zu hören in dem langen, von Bücherwänden ausgekleideten Raum. Randy hielt Mi-

chela bei der Hand, und sie schwangen beide die Arme wie zwei fröhliche Kinder. Aber draußen im Park, dachte Susan, hat er sie wahrscheinlich geküßt und dabei fest an sich gedrückt.
Michelas Lider lagen weiß und schwer über erstaunlich flachen dunklen Augen. Das glatte dunkle Haar war in der Mitte gescheitelt und im weißen, ziemlich feisten Nacken zu einem strengen Knoten gedreht. Ihr Mund war tiefrot. Sie kam, wie Susan wußte, vom Land, war von einer romantischen Mutter auf den Namen Michela getauft worden und bemühte sich seither, diesem ausgefallenen Namen gerecht zu werden. Ganz gleich wie, dachte Susan, die Randy am liebsten bei den großen abstehenden Ohren gepackt und geschüttelt hätte.
Michela hatte sich zu einem Sessel gewandt und zeigte Susan ihren nackten Rücken. Die dünne rote Linie mit dem Knick, von der Manschette eines Männerarms hinterlassen, die sich in das cremeweiße Fleisch gedrückt hatte, war nicht zu übersehen. Auch Joe Bromfel hatte sie gesehen. Er konnte gar nicht anders. Susan starrte in ihre Kaffeetasse und wünschte inbrünstig, Joe Bromfel hätte den Abdruck von Randys Manschette nicht bemerkt, und fragte sich gleich darauf, warum sie das so inbrünstig wünschte.
»Kaffee, Michela?« fragte Christabel, und in ihrer Stimme war etwas, das Susan nicht ertragen konnte. Sie hatte plötzlich genug.
Ziemlich hastig stand sie auf. »Christabel, sei mir nicht böse – ich habe noch etwas zu schreiben...«
»Aber natürlich.« Christabel zögerte. »Warte, ich begleite dich zum Häuschen.«
»Laß dich von uns nicht aufhalten, Christabel«, meinte Michela träge.
Christabel wandte sich Tryon Welles zu und kam sei-

nem Angebot, sie und Susan zu begleiten, geschickt zuvor.

»Ich bin gleich wieder da, Tryon«, sagte sie mit Entschiedenheit. »Wenn ich zurück bin – sprechen wir.«

Ein klares Bild prägte sich Susan ein: das große schöne Zimmer, die warmen Inseln weichen Lichts unter den verteilt stehenden Lampen, die schwimmenden Schatten, die sie umgaben; Michelas gelbes Satinkleid und Randys rotes Haar; Joe, ein schweigender Koloß, der die beiden mit grüblerischem Ausdruck beobachtete; Tryon Welles, gepflegt, grau und immer jovial; und Christabel, den Kopf mit dem glänzenden roten Haar hocherhoben, wie sie leichtfüßig und anmutig in Wolken mauvefarbenen Chiffons dahinschritt. Auf halbem Weg blieb sie stehen, nahm die Zigarette, die Tryon ihr anbot, und beugte sich über die Flamme seines Feuerzeugs, in deren Licht der Amethyst an ihrem Finger aufglühte.

Dann gingen Susan und Christabel über die leere Veranda und wandten sich zur Terrasse.

Ihre Füße machten kein Geräusch im weichen Gras. Über dem Seerosenteich hingen die Blumendüfte süß und schwer in der Nachtluft.

»Hast du gestern abend den Ochsenfrosch gehört?« fragte Christabel. »Er scheint sich auf Dauer im Teich niedergelassen zu haben. Ich weiß nicht, was ich tun soll. Randy will ihn erschießen, aber das möchte ich nicht. Sein Gequake die ganze Nacht ist natürlich lästig, aber Ochsenfrösche haben auch ein Recht zu leben.«

»Christabel«, sagte Susan und bemühte sich, nicht brüsk zu sein, »ich muß bald abreisen. Ich habe – eine Menge Arbeit –«

Christabel blieb stehen und drehte sich nach ihr um. Sie waren an dem Durchgang in der Lorbeerhecke, an

dem der Weg anfing, der sich zum Häuschen hinaufwand.
»Spar dir die Vorwände, Susan«, sagte sie verständnisvoll. »Es sind die Bromfels, nicht wahr?«
Ein Geräusch schnitt Susan die Antwort ab – ein unheimliches Heulen, das wie eine schrille Klage klang. Es schwoll an und fing sich in den mondbeschienenen Hügeln. Susan schrie unterdrückt auf.
Christabel sagte hastig: »Das sind nur die Hunde, die den Mond anheulen.«
»Erheiternd klingt das nicht gerade«, meinte Susan. »Es verstärkt eher –« Sie brach ab. Beinahe hätte sie gesagt, es verstärke das Gefühl der Isolation.
Christabel war schon in den Weg eingebogen. Hier war es dunkler, ihre Zigarette war nur noch als rotglühender Punkt zu erkennen. »Wenn Michela noch mal eine Zigarette in die Blumen steckt, bring ich sie um«, sagte Christabel leise.
»Was –«
»Ich sagte, ich bring sie um«, wiederholte Christabel. »Das werde ich natürlich nicht tun. Jedoch, du hast ja selbst gesehen, wie die Dinge liegen, Susan. Es ist ganz offensichtlich. Erst hat sie Joe genommen – vor Jahren. Jetzt will sie Randy.«
Susan war froh, daß sie Christabels Gesicht nicht sehen konnte. Sie murmelte etwas von Faszination und Randys Jugend.
»Er ist einundzwanzig«, versetzte Christabel. »Nicht jünger als ich damals war, als ich Joe – als ich Joe heiraten wollte. Deswegen war Michela überhaupt nur hier, weil sie zur Hochzeit eingeladen war und zu den vielen Festen vorher.« Sie gingen ein paar Schritte schweigend weiter, ehe Christabel hinzufügte: »Und am Tag vor der Hochzeit verschwanden sie zusammen.«
»Hat Joe sich verändert?« fragte Susan.

»Im Aussehen, meinst du?« wollte Christabel wissen, die sofort verstand. »Ich weiß nicht. Vielleicht. Innerlich muß er sich verändert haben. Aber davon mag ich nichts wissen.«
»Kannst du sie nicht einfach weiterschicken?«
»Randy würde ihnen folgen.«
»Tryon Welles«, schlug Susan ohne viel Hoffnung vor. »Vielleicht könnte er helfen. Ich weiß allerdings nicht, wie. Er sollte vielleicht mal mit Randy reden.«
Christabel schüttelte den Kopf. »Randy würde nicht auf ihn hören. Schon aus Opposition nicht. Außerdem mag er Tryon nicht. Er hat sich zuviel Geld von ihm leihen müssen.«
Bitterkeit war so gar nicht Christabels Art. Einer der Hunde fing wieder an zu heulen, und die anderen fielen kameradschaftlich ein. Susan fröstelte.
»Dir ist kalt. Geh jetzt lieber hinein«, sagte Christabel. »Danke, daß du mir zugehört hast. Und – ich glaube, es ist am besten, wenn du fährst, Susan. Ich wollte dich zum Trost hierbehalten. Aber –«
»Nein, nein, ich bleibe, ich wußte ja nicht...«
»Du hast doch keine Angst allein in dem Haus? Die Hunde würden sofort anschlagen, wenn ein Fremder aufs Grundstück käme. Gute Nacht«, sagte Christabel und war verschwunden.
Das kleine Gästehaus war warm und gemütlich und sehr friedlich, dennoch mußte sich Susan in den Schlaf lesen, und die Tatsache, daß es das Buch eines konkurrierenden Autors war, das sie schließlich schläfrig machte, war ihr kaum eine Genugtuung.
Der Morgen war dunstig und kühl. Es war vielleicht halb zehn Uhr, als Susan die Haustür öffnete, den dichten weißen Nebel sah und umkehrte, um ihre Gummistiefel zu holen. Tryon Welles, dachte sie flüchtig, als sie sich kurz im Spiegel sah, würden heute

morgen keine blumigen Komplimente einfallen. In ihrem braunen Wollkostüm, das helle Haar glatt und streng, und mit der Brille auf der Nase war sie in der Tat einer kühlen und unzugänglichen kleinen Eule nicht unähnlich.
Der Pfad war naß, die Lorbeerblätter glänzten feucht, die Hügel waren ferne graue Schatten. Das Haus stand weiß und still im Dunst; Susan sah niemanden.
Aber da geschah es. Ein vom Nebel kaum gedämpfter Knall durchschlug die Stille.
Susans erster Gedanke war, daß Randy den Ochsenfrosch erschossen hatte. Aber der Teich lag ein Stückchen weiter unten, und dort war niemand zu sehen. Außerdem war das Geräusch aus dem Haus gekommen. Ihre Schritte im durchweichten Gras waren schwerfällig und langsam – die Stufen waren glitschig, die Steinplatten feucht. Dann war sie endlich im Haus. Das breite Foyer durchschnitt das ganze Haus, und hinten, fast am Ende, sah Susan Mars, der mit halb erhobenen Armen davonlief und dabei irgend etwas rief. Er verschwand, und ein Instinkt zog Susan zu der Tür links, die in die Bibliothek führte.
Auf der Schwelle blieb sie wie gelähmt stehen.
In dem grünen Damastsessel auf der anderen Seite des Raumes, in dem sie selbst am vergangenen Abend gesessen hatte, kauerte zusammengesunken, halb über die Armlehne hängend, ein Mann. Es war Joe Bromfel. Er war erschossen worden. Es gab keinen Zweifel daran, daß er tot war.
Zu seinen Füßen lag eine Zeitung, die seinen Händen entglitten war. Die Samtvorhänge hinter ihm waren zugezogen.
Susan strich sich das Haar aus dem Gesicht. Sie konnte keinen klaren Gedanken fassen. Sie mußte auf die Fußbank neben der Tür gesunken sein, denn dort war sie,

als Mars mit starrem Gesicht und Randy, so weiß wie sein Pyjama, ins Zimmer gerannt kamen. Sie sprachen aufgeregt miteinander und untersuchten einen Revolver, den Randy vom Boden aufgehoben hatte. Dann erschien von irgendwoher Tryon Welles, blieb neben ihr stehen, stieß einen Ruf der Ungläubigkeit aus und lief ebenfalls zur anderen Seite des Raums.
Danach kam Christabel, und auch sie blieb auf der Schwelle stehen und verwandelte sich unter Susans Augen in eine Fremde, die grau und wie geschrumpft wirkte und in einem schrecklichen Ton »Joe, Joe!« sagte.
Nur Susan sah und hörte sie. Michela, die aus dem Foyer hereingelaufen kam, sprach als erste die Frage aus. »Ich hab was gehört – was war das? Was...« Sie drängte sich an Christabel vorbei.
»Sieh nicht hin, Michela.«
Aber Michela sah hin, ruhig und aufmerksam. Dann glitt der Blick ihrer flachen dunklen Augen durch den ganzen Raum, und sie fragte: »Wer hat ihn erschossen?«
Einen Moment lang herrschte nur entsetztes Schweigen.
Schließlich räusperte sich Mars und sagte zu Randy: »Ich weiß nicht, wer ihn erschossen hat, Mister Randy. Aber ich hab gesehen, wie's passiert ist. Ich hab die Hand gesehen –«
»Die Hand?« schrie Michela auf.
»Ruhig, Michela«, sagte Tryon Welles. »Wie meinen Sie das, Mars?«
»Mehr kann ich nicht sagen, Mr. Welles. Ich bin grad rausgekommen, weil ich hier staubwischen wollte, und ich hab genau da an der Tür gestanden, als ich den Schuß hörte. Und ich hab die Hand gesehen und den Revolver. Und dann ... ich weiß nicht mehr, was ich

dann getan hab.« Mars wischte sich die Stirn. »Ich glaub, ich bin losgelaufen, um Hilfe zu holen, Mr. Welles.«
Wieder trat Schweigen ein.
»Wessen Hand war es, Mars?« fragte Tryon Welles behutsam.
Mars sah sehr alt aus. »Ich weiß nicht. Ehrlich, Mr. Welles, ich weiß es nicht.«
Randy mischte sich ein. »War es eine Männerhand?«
»Ja, ich glaub, vielleicht schon«, antwortete der alte Diener unsicher. »Aber ich weiß es nicht genau, Mister Randy. Ich hab nur . . . ich hab nur den roten Ring gesehen.«
»Einen roten Ring?« rief Michela. »Was soll das –«
Mars sah sie abweisend an. »Ja, einen roten Ring, Mrs. Bromfel«, sagte er mit Würde. »Er funkelte. Und er war rot!«
Randy lachte plötzlich auf. »Aber es gibt im ganzen Haus keinen roten Ring. Keiner von uns hat eine Vorliebe für Rubine . . .« Er brach abrupt ab. »Tryon, sollten wir ihn nicht . . . tragen wir ihn doch zum Sofa. Wir können ihn doch nicht einfach so . . . das ist ja unwürdig.«
»Ja, du hast recht.« Tryon Welles näherte sich dem Toten. »Hilf mir, Randy . . .«
Der junge Mann zitterte, und plötzlich fand Susan die Sprache wieder. »Das dürfen Sie nicht. Sie dürfen nicht . . .« Sie brach ab. Die beiden Männer sahen sie erstaunt an. Auch Michela hatte sich nach ihr umgedreht. Nur Christabel machte keine Bewegung. »Sie dürfen das nicht tun«, wiederholte Susan. »Es ist doch . . . Mord.«
Das Wort traf sie alle in seiner ganzen Tragweite. Tryon Welles zuckte die Achseln.
»Sie hat natürlich völlig recht«, bemerkte er. »Ich hatte

das ganz vergessen, wenn ich es überhaupt gewußt habe. Wir müssen die Polizei holen, den Arzt, den Coroner.«

Wäre Tryon Welles nicht gewesen, das erkannte Susan später, so wäre wildes Chaos ausgebrochen. Er nahm die Zügel ruhig und sicher in die Hand, schickte Randy nach oben, sich anzukleiden, telefonierte, sorgte dafür, daß der Tote zugedeckt wurde, befahl Mars, ihnen heißen Kaffee zu bringen. Er war hier und dort und überall; oben und unten, kümmerte sich um alles, empfing schließlich draußen den Sheriff – energisch, umsichtig, tüchtig. Susan saß während der ganzen Zeit wie betäubt neben Christabel auf dem kleinen zweisitzigen Sofa im Foyer, während Michela rastlos vor ihnen hin und her wanderte, den Telefongesprächen zuhörte, heißen Kaffee trank, alles mit finsteren Blicken beobachtete. Ihr rot-weiß gemustertes Kostüm, die blutroten Armbänder und Ohrringe wirkten knallig und fehl am Platz in diesem Haus, in dem ein Mensch gewaltsam zu Tode gekommen war.

Christabel war immer noch wie erstarrt, saß steif und aufrecht, trank automatisch ihren Kaffee und sprach kein Wort. In dem Amethyst an ihrem Finger spielte das Licht, und das war das einzig Lebendige an ihr.

Susan fand allmählich aus ihrer Betäubtheit und Verwirrung heraus. Schrecken und Entsetzen waren noch da und dazu ein schmerzhaftes Mitgefühl. Sie sah Randy die breite Treppe herunterkommen, für den Tag gekleidet und frisch gekämmt, und sie bemerkte, daß er nicht mehr bleich und verschreckt aussah, sondern er war voller Tatkraft, auf eine trotzige Art gewappnet für das, was kommen würde. Und es würde wahrscheinlich einiges auf sie zukommen, dachte Susan.

Genauso war es.

Fragen über Fragen. Der Arzt war freundlich; der Co-

roner war es nicht; der Sheriff war rein sachlich. Und alle fragten sie ohne Pause. Keine Zeit zum Überlegen. Keine Zeit, etwas zu begreifen. Zeit nur, so gut wie möglich zu antworten.
Allmählich schälten sich gewisse bedeutsame Fakten heraus, nur wenige allerdings.
Der Revolver gehörte Randy. Er war aus der obersten Schublade des Buffets genommen worden, wann, wußte niemand. »Alle wußten, daß er sich immer dort befand«, erklärte Randy mürrisch. Die Fingerabdrücke auf der Waffe würden sich als die von Randy und Mars erweisen, da die beiden sie aufgehoben und untersucht hatten.
Über den Mord wußte niemand etwas, und niemand hatte ein Alibi... außer Liz, dem Dienstmädchen, und Minnie, der Köchin, die zusammen in der Küche gewesen waren.
Christabel hatte in ihrem Zimmer Briefe geschrieben. Sie hatte den Schuß zwar gehört, aber geglaubt, es wäre nur Randy gewesen, der den Ochsenfrosch erschossen hatte. Als sie kurz danach Randy und Mars die Treppe hinunterlaufen hörte, war sie ebenfalls heruntergekommen. Nur um sich zu vergewissern, daß es das auch gewesen war.
»Was glaubten Sie denn, was es sonst sein könnte?« fragte der Sheriff, und Christabel antwortete steif, das wüßte sie nicht.
Randy hatte noch geschlafen, als Mars ihn holte. Er hatte den Schuß überhaupt nicht gehört. Er und Mars waren zur Bibliothek hinuntergelaufen. Mars hatte, wie sich zeigte, die Hintertreppe von der Küche aus nach oben genommen.
Tryon Welles war den Hang vor dem Haus zum Briefkasten hinuntergegangen und befand sich auf dem Rückweg, als er den Schuß hörte. Aber das Geräusch

war gedämpft gewesen, und er hatte nicht einmal geahnt, was geschehen war. Erst bei seinem Eintritt in die Bibliothek hatte er es erfahren. An dieser Stelle schuf er eine kleine Sensation: Er zog nämlich einen Ring vom Finger, hielt ihn so, daß alle ihn sehen konnten, und fragte Mars, ob das der Ring sei, den er an der Hand des Mörders gesehen habe. Die Sensation war von kurzer Dauer; der große, klare Stein war so grün wie seine elegante Krawatte.

»Nein, Sir«, antwortete Mars. »Der Ring, den ich gesehen hab, war rot. Ich hab ihn ganz deutlich gesehen. Er war rot.«

»Das hier«, erklärte Tryon Welles, »ist ein nicht ganz lupenreiner Smaragd. Ich habe gefragt, weil ich hier offenbar der einzige bin, der einen Ring trägt. Aber ich denke, um der Gerechtigkeit willen sollten alle unsere Sachen durchsucht werden.«

Worauf der Blick des Sheriffs zu dem großen violetten Stein an Christabels Hand glitt. Doch er sagte freundlich, das werde getan werden, und bat dann Mrs. Michela Bromfel zu berichten, was sie über den Mord wisse.

Mrs. Bromfel erklärte mit einiger Hitze, gar nichts zu wissen. Sie habe einen Spaziergang im Wald gemacht, erklärte sie trotzig und warf dabei Randy einen schrägen Blick zu, der daraufhin blutrot wurde. Sie hatte den Schuß gehört, aber nicht gewußt, daß es ein Schuß gewesen war. Dennoch war sie neugierig geworden und zum Haus zurückgekehrt.

»Das Fenster hinter dem Toten geht zum Wald hin«, stellte der Sheriff fest. »Haben Sie jemanden bemerkt, Mrs. Bromfel?«

»Keine Menschenseele«, antwortete Michela bestimmt.

Ob sie die Hunde hätte anschlagen hören. Der Sheriff

schien zu wissen. daß sich die Zwinger gleich hinter dem Kiefernwäldchen befanden.
Nein, Michela hatte die Hunde nicht gehört.
Irgend jemand zeigte Anzeichen von Ungeduld, und der Sheriff hüstelte und sagte völlig überflüssigerweise, es sei also kein Landstreicher auf dem Gelände, und dann ging das Verhör weiter. Schleppte sich endlos dahin, und noch immer wußte keiner, wie Joe Bromfel den Tod gefunden hatte. Und als der Sheriff sie endlich alle entließ und mit dem Coroner über die Leichenschau sprach, kam einer seiner Männer, um über das Resultat der Nachforschungen zu berichten. Es befand sich niemand im Haus, der nicht hierhergehörte; man hatte keine Fußabdrücke gefunden; die Fenstertür hinter dem Toten war angelehnt gewesen; im ganzen Haus gab es keinen Ring mit einem roten Stein.
»Das heißt, wir haben jedenfalls keinen gefunden«, sagte der Mann.
»Gut«, meinte der Sheriff. »Das wär's fürs erste, Herrschaften. Aber ich wäre Ihnen dankbar, wenn Sie heute hier im Haus bleiben würden.«
Ihr Leben lang erinnerte sich Susan mit aller Deutlichkeit an diesen langen, bedrückenden Tag. Nach jenen ersten Augenblicken des Entsetzens und der Ungläubigkeit schien er ihr einen auf bizarre Weise völlig normalen Verlauf zu nehmen, als müsse nach diesem ersten Ereignis alles andere zwangsläufig folgen, alle Geschehnisse in durchaus logischer Ordnung. Auch der Zwischenfall am Nachmittag, an sich so trivial, aber später so bedeutsam, war wenig überraschend, so normal wie nur möglich. Ihre Begegnung mit Jim Byrne nämlich.
Es ereignete sich am Ende des langen, qualvollen Nachmittags, den Susan mit Christabel verbrachte. Sie

spürte, daß Christabel, auch wenn sie immer noch wie zu Eis erstarrt schien, für ihre Anwesenheit dankbar war. Doch zwischen ihnen lagen Dinge in der Luft, die nicht ausgesprochen, aber auch nicht ignoriert werden konnten, und Susan war froh, als Christabel endlich ein Beruhigungsmittel nahm und nach einer Weile einschlief ...
Es war niemand zu sehen, als Susan sich auf Zehenspitzen aus Christabels Zimmer schlich und die Treppe hinunterging. Nur hinter der geschlossenen Tür der Bibliothek hörte sie Stimmen.
Als sie endlich im Freien war und über die Terrasse über dem Seerosenteich ging, holte sie tief Luft. Das also war Mord. Die Tatsache erschreckte sie zunächst vielleicht. Der Schrecken vor dem Mord an sich kam zuerst – die primitive Angst vor der losgelassenen Bestie. Darauf folgte die Furcht des zivilisierten Wesens, die Furcht vor dem Gesetz nämlich, und das hastige Bemühen, sich selbst in Sicherheit zu bringen.
An der Hecke bog sie ab und blickte zurück. Das Haus stand weiß und stattlich wie seit Generationen inmitten des Parks da. Aber friedlich war es nicht mehr, es war jetzt im Zugriff von Gewalt. Von Mord. Aber es blieb würdevoll und stattlich und seinen schutzspendenden Ritualen verhaftet, an denen auch Christabel weiterhin festhalten würde, so, wie sie das seit Jahren tat.
Christabel: Hatte sie ihn getötet? War sie darum so elend? Oder war sie es, weil sie wußte, daß Randy ihn getötet hatte? Oder gab es vielleicht einen ganz anderen Grund?
Susan bemerkte den Mann erst, als sie fast unmittelbar vor ihm stand, und sie schrie unwillkürlich kurz auf, obwohl sie sonst nicht zur Nervosität neigte. Er saß auf der kleinen Veranda des Gästehauses, den Hut tief in

der Stirn, den Jackenkragen hochgeschlagen, und schrieb wie ein Besessener in einem Schreibblock, den er auf den Knien hatte. Bei ihrem Schrei fuhr er hoch, drehte sich herum und zog den Hut.
»Darf ich Ihre Schreibmaschine benutzen?« fragte er.
Seine ungewöhnlich klaren blauen Augen waren sehr lebendig. Seinem Gesicht mangelte es auf sympathische Weise an Ebenmaß. Er hatte einen Mund, der gern zu lachen schien, ein Kinn, das sagte, daß er sich von niemandem etwas gefallen ließ, und eine hohe Stirn. Das Haar begann sich ein wenig zu lichten, zeigte aber noch kein Grau, und seine Hände waren überraschend fein gebildet und schön. Gelobt sei, was hart macht, dachte Susan. Aber innerlich ist er hochsensibel. Irischer Herkunft. Was tut er hier?
Laut sagte sie: »Ja.«
»Gut. Ich kann nicht schnell genug schreiben und ich möchte die Story heute abend noch rausgeben. Ich habe auf Sie gewartet, wissen Sie. Man hat mir erzählt, daß Sie schreiben. Mein Name ist Byrne – James Byrne. Ich bin Reporter. Für Sonderberichte zuständig. Eigentlich bin ich zur Zeit im Urlaub. Ich schreibe für ein Blatt in Chicago.«
Susan öffnete die Tür zum kleinen Wohnzimmer.
»Da steht die Maschine. Brauchen Sie Papier? Es liegt daneben.«
Er stürzte sich auf die Schreibmaschine wie ein Hund auf einen Knochen. Sie sah ihm eine Weile zu, höchst erstaunt über die Geschwindigkeit und Flüssigkeit, mit der er schrieb. Ein Zögern schien er nicht zu kennen.
Dann machte sie Feuer im Kamin und setzte sich und ließ sich vom Schein der Flammen und vom rhythmischen Geklapper der Maschine beruhigen. Zum ersten Mal an diesem Tag begannen die Ereignisse – ver-

merkt und weggepackt an dem Ort, an dem Beobachtungen eben gespeichert werden – aufzustehen und sich zu formieren und in einer gewissen Ordnung an ihr vorüberzuziehen. Doch es war ein finsterer und makabrer Zug, und er machte Susan angst. Sie war froh, als Jim Byrne sprach.
»Übrigens«, sagte er plötzlich, »mir wurde gesagt, daß Sie Louise Dare heißen. Stimmt das?«
»Susan.«
Er sah sie an. Hörte auf zu tippen.
»Susan. Susan Dare«, wiederholte er nachdenklich. »Sie können doch nicht die Susan Dare sein, die die Kriminalromane schreibt?«
»Doch«, erwiderte Susan zurückhaltend, »die Susan Dare kann ich sein.«
Sein Gesicht drückte Ungläubigkeit aus. »Aber Sie...«
»Wenn Sie jetzt sagen«, unterbrach ihn Susan, »daß ich nicht aussehe, als würde ich Kriminalromane schreiben, dürfen Sie meine Schreibmaschine nicht mehr benutzen.«
»Sie stecken wohl mittendrin in der ganzen Bescherung«, meinte er fragend.
»Ja«, antwortete Susan. »Und nein«, fügte sie hinzu und sah dabei ins Feuer.
»Legen Sie sich nur nicht fest«, sagte Jim Byrne trocken. »Sagen Sie nichts Unbedachtes.«
»Aber ich meine es genauso, wie ich es sagte«, erklärte Susan. »Ich bin hier zu Gast. Ich bin mit Christabel Frame befreundet. Ich habe Joe Bromfel nicht ermordet. Und die anderen Leute im Haus liegen mir überhaupt nicht. Ich wünsche höchstens, ich hätte sie nie gesehen.«
»Aber an Christabel Frame liegt Ihnen sehr viel«, sagte Jim Byrne vorsichtig.

»Ja«, antwortete Susan ernst.
»Ich hab die ganze Geschichte schon raus«, erklärte Jim Byrne leise. »Es war nicht schwer. Jeder hier weiß über die Frames Bescheid. Ich kann nur nicht verstehen, warum sie Joe erschossen hat. Ich an ihrer Stelle hätte Michela umgelegt.«
»Was ...« Susan sah dem Reporter fassungslos in die klaren blauen Augen.
»Ich sagte, ich an ihrer Stelle hätte Michela erschossen. Sie ist doch diejenige, die den ganzen Ärger macht.«
»Aber es war doch nicht ... es kann doch nicht ... Christabel würde niemals ...«
»O doch, sie kann«, widersprach Jim Byrne in müdem Ton. »Die Menschen sind zu den verrücktesten Taten fähig. Christabel könnte morden. Ich verstehe nur nicht, warum sie Joe ermordet haben soll und nicht Michela.«
»Michela«, bemerkte Susan mit gesenkter Stimme, »hätte ein Motiv.«
»Richtig, sie hat ein Motiv. Ab mit dem Ehemann. Und Randy Frame hatte auch eines. Das gleiche. Und die Leute hier in der Gegend nennen ihn einen typischen roten Frame – impulsiv, leichtsinnig, in einer Tradition rücksichtslosen Draufgängertums erzogen.«
»Aber Randy hat geschlafen ... oben ...«
Er unterbrach sie. »Ja, ja, das weiß ich alles. Und Sie kamen von der Terrasse ins Haus, und Tryon Welles war unten, um die Post zu holen, und Miss Christabel Frame saß in ihrem Zimmer und schrieb Briefe, und Michela machte einen Waldspaziergang. Nicht einer von Ihnen hat ein Alibi. So wie Haus und Park angelegt sind, wären Sie, Tryon Welles und Michela nicht füreinander sichtbar gewesen. Jeder hätte mit Leichtigkeit durch die Fenstertür verschwinden und Sekunden später mit Unschuldsmiene durch das Foyer wieder her-

einkommen können. Das weiß ich alles. Wer war das hinter dem Vorhang?«
»Ein Landstreicher«, sagte Susan mit kleiner Stimme. »Ein Einbrecher.«
»Nichts da!« fiel Jim Byrne ihr mit Geringschätzung ins Wort. »Dann hätten die Hunde gebellt wie verrückt. Es war einer von Ihnen. Aber wer?«
»Ich weiß es nicht«, wiederholte Susan. »Ich weiß es nicht.« Ihre Stimme schwankte, sie merkte es selbst und versuchte, sich zu beruhigen.
Jim Byrne merkte es auch und war plötzlich erschrokken. »Moment mal! Moment mal!« rief er. »Machen Sie doch nicht so ein Gesicht. Fangen Sie nicht an zu weinen. Nicht.«
»Ich weine ja gar nicht«, sagte Susan. »Aber Christabel hat es nicht getan.«
»Sie meinen«, verbesserte Jim Byrne verständnisvoll, »Sie möchten nicht, daß Christabel es getan hat. Hm?« Er sah auf seine Uhr, sagte, »o Mann«, schob seine Papiere zusammen und sprang auf. »Ich mach Ihnen einen Vorschlag. Nicht Ihnen zuliebe, nur um – na ja, eben so. Ich laß einen Teil von meinem Bericht bis morgen liegen, wenn Sie versuchen wollen zu beweisen, daß Ihre Christabel ihn nicht umgelegt hat.«
Susan runzelte verblüfft die Stirn.
»Sie verstehen mich nicht«, stellte Jim Byrne vergnügt fest. »Also passen Sie auf: Sie schreiben Kriminalgeschichten. Ich habe ein paar davon gelesen. Nicht übel«, fügte er eilig hinzu. »Jetzt haben Sie eine Gelegenheit, sich an einem realen Kriminalfall zu versuchen.«
»Aber ich will überhaupt nicht –«
Er hob gebieterisch die Hand. »O doch, Sie wollen«, widersprach er. »Sie müssen sogar. Denn Ihre Christabel sitzt in der Patsche. Sie kennen doch den Ring, den sie trägt –«

»Wann haben Sie den gesehen?«
»Ach, spielt das eine Rolle?« rief Jim Byrne ungeduldig. »Reporter sehen alles. Das Wichtige ist der Ring.«
»Aber es ist ein Amethyst«, protestierte Susan.
»Ja«, stimmte er zu. »Es ist ein Amethyst. Und Mars hat einen roten Stein gesehen. Er sah ihn, wie sich herausgestellt hat, an der rechten Hand. An der Hand, die den Revolver hielt. Und Christabel trägt ihren Ring an der rechten Hand.«
»Aber es ist doch ein Amethyst«, wiederholte Susan.
»Hm«, meinte Jim Byrne, »es ist ein Amethyst. Und vor kurzem sagte ich zu Mars: ›Wie heißt eigentlich die Kletterpflanze da?‹ Und er sagte: ›Die rote, meinen Sie, Sir? Das ist eine Clematis.‹«
Er machte eine kleine Pause. Susan war beklommen.
»Die Blüten waren natürlich violett«, sagte Jim Byrne. »Amethystfarben.«
»Aber er hätte Christabels Ring sofort erkannt«, entgegnete Susan.
»Vielleicht«, meinte Jim Byrne. »Und vielleicht wünscht er jetzt, er hätte nie ein Wort von dem roten Ring gesagt. Ihm steckte wahrscheinlich noch der Schreck in den Gliedern, als er ihn erwähnte. Er hat noch keine Gelegenheit zum Nachdenken gehabt.«
»Aber Mars, er würde eher den Mord selbst auf sich nehmen –«
»Nein«, widersprach Jim Byrne trocken. »Nein, das würde er nicht tun. Das klingt zwar gut, aber so was kommt nicht vor. Niemand nimmt den Mord eines anderen auf sich. Wenn es sich um einen vorsätzlichen Mord handelt und nicht um eine Schlägerei im Suff, bei der alles mögliche passieren kann, gibt es immer ein Motiv. Und es ist immer ein starkes, ganz persönliches und eigennütziges Motiv, vergessen Sie das nicht. Ich muß mich jetzt auf die Socken machen. Also,

soll ich meine kleine Geschichte von der Clematis reinschicken?«

»Nein!« rief Susan erstickt. »Nein, noch nicht.«

Er nahm seinen Hut. »Danke für die Schreibmaschine. Nehmen Sie Ihren Grips zusammen und machen Sie sich an die Arbeit. Mit Morden müßten Sie sich doch eigentlich auskennen. Wir sehen uns.«

Die Tür fiel hinter ihm zu. Nach einer langen Zeit ging Susan zum Schreibtisch, nahm sich ein Blatt gelbes Manuskriptpapier und einen Bleistift und begann zu schreiben: »Personen; mögliche Motive; Hinweise; Fragen.«

Seltsam, dachte sie, war nicht, wie anders die Wirklichkeit war als ihre Nachahmung, sondern wie ähnlich sie ihr war. Wie schrecklich ähnlich!

Sie saß noch über ihre Arbeit gebeugt, als es laut klopfte. Sie erschrak so, daß ihr der Bleistift aus der Hand fiel. Aber es war nur Michela Bromfel, die Hilfe suchte.

»Meine Knie!« sagte sie gereizt. »Christabel schläft anscheinend, und die Frauen in der Küche haben Angst vor ihrem eigenen Schatten.« Sie hielt inne und kratzte sich erst am linken, dann am rechten Knie. »Haben Sie nicht ein Mittel für meine Beine? Ich werd fast verrückt. Mückenstiche sind es nicht. Ich hab keine Ahnung, was es ist. Da, sehen Sie!«

Sie setzte sich, zog ihren weißen Rock hoch, rollte die dünnen Strümpfe hinunter und zeigte den fleckigen roten Streifen, der sich gleich oberhalb des Knies um ihr Bein zog.

Susan hätte beinahe gelacht. »Ach, das ist nichts Schlimmes«, sagte sie. »Das sind nur Herbstmilben, warten Sie, ich hole Ihnen eine medizinische Creme.«

»Herbstmilben?« wiederholte Michela verständnislos. »Was ist denn das?«

Susan ging ins Badezimmer. »Kleine Tierchen«, rief sie. Wo hatte sie die Creme hingestellt? »Bis morgen ist das wieder weg.« Ah, da war sie. Sie nahm die Dose und kehrte durch das Schlafzimmer ins Wohnzimmer zurück. An der Tür machte sie abrupt halt. Michela stand am Schreibtisch. Sie blickte auf, sah Susan, und ihre flachen dunklen Augen flackerten.
»Oh«, sagte sie. »Schreiben Sie eine Geschichte?«
»Nein«, antwortete Susan, »das ist keine Geschichte. Hier ist die Creme.«
Michela besaß wenigstens Anstand genug, unter Susans Blick verlegen zu werden. Ruckartig zog sie ihre Strümpfe hoch, packte den Cremetopf und zog ab. Ihre roten Armbänder klirrten, und ihre Fingernägel leuchteten, als hätte sie sie in Blut getaucht. Von den wenigen Leuten, die als Mörder Joe Bromfels in Frage kamen, dachte Susan, wäre ihr Michela die liebste Kandidatin gewesen.
Eine vage Erinnerung regte sich plötzlich, oder genauer gesagt, eine Erinnerung an eine Erinnerung; die Erinnerung, daß sie einmal etwas ganz Bestimmtes gewußt hatte, das ihr jetzt nicht mehr einfiel. Das war quälend. Es ließ sie nicht los. Es trieb gewissermaßen am Rand ihres Bewußtseins und ließ sich nicht einfangen.
Schließlich machte sich Susan ganz bewußt frei davon und kehrte zu ihrer Arbeit zurück. Christabel und der Amethyst. Christabel und die Clematis.
Es war dunkel und immer noch dunstig feucht, als Susan zum Herrenhaus hinunterging. An der Lorbeerhecke traf sie Tryon Welles.
»Oh, hallo«, sagte er. »Wo waren Sie denn?«
»Im Häuschen«, antwortete Susan. »Ich konnte ja nichts tun. Wie geht es Christabel?«
»Liz sagte mir, daß sie noch schläft – ein Glück. Gott,

war das ein Tag! Sie sollten aber wirklich nicht alleine in der Dunkelheit hier herumlaufen. Ich begleite Sie zum Haus.«
»Sind der Sheriff und die anderen weg?«
»Keine Ahnung. Ich hörte auch nichts davon, daß sie irgendwelche Hinweise gefunden haben. Sie baten mich zu bleiben.« Er paffte ein-, zweimal hastig an seiner Zigarette und fuhr dann ungehalten fort: »Das kommt mir ziemlich ungelegen. Es geht um ein Geschäft, bei dem die Zeit wichtig ist. Ich bin Makler, ich müßte eigentlich noch heute abend nach New York zurück.« Er brach den begonnenen Satz unvermittelt ab und sagte: »Oh – Randy«, als Randy aus der Dunkelheit auftauchte. »Komm, bringen wir Miss Dare bis zur Treppe.«
»Hat sie Angst vor dem berüchtigten Landstreicher?« fragte Randy und lachte unangenehm. Er hatte getrunken. Susan fühlte sich unbehaglich. Nüchtern war Randy unberechenbar genug; wenn er getrunken hatte, war er vielleicht gefährlich. Konnte sie etwas mit ihm anfangen? Nein, das überließ sie besser Tryon Welles. »Aber vor dem Landstreicher braucht niemand Angst zu haben. Joe ist nicht von einem Landstreicher getötet worden. Und das wissen auch alle. Ihnen kann nichts passieren, Susan, es sei denn, Sie wissen etwas. Wissen Sie etwas, Susan?«
Er packte sie beim Ellbogen und schüttelte drängend ihren Arm. »Sie ist ein stilles Wasser, Tryon. Sie sieht alles und sagt nichts. Ich wette, sie hat Beweise genug, um uns allen den Strick zu drehen. Beweise, ja. Das ist es, was wir brauchen.«
»Randy, Sie sind betrunken«, sagte Susan scharf. Sie schüttelte seine Hand ab, aber als sie in sein mageres Gesicht sah, das so bleich und angespannt war, tat er ihr plötzlich leid. »Gehen Sie ruhig, machen Sie Ihren

Spaziergang«, sagte sie freundlicher. »Es wird schon alles in Ordnung kommen.«
»Es wird nie mehr so wie früher«, sagte Randy. »Nie mehr, wissen Sie warum, Susan?«
Er ist sehr betrunken, dachte Susan. Es ist schlimmer, als ich dachte.
»Weil Michela ihn nämlich erschossen hat. Jawohl!«
»Randy, red keinen Unsinn.«
»Laß mich in Ruhe, Tryon. Ich weiß, was ich sage. Und Michela«, erklärte er schlicht, »widert mich an.«
»Jetzt komm, Randy.« Diesmal nahm Tryon Welles Randy beim Arm. »Ich kümmere mich schon um ihn, Miss Dare.«
Das Haus war verlassen und wirkte kalt. Christabel schlief noch, Michela war nirgends zu sehen. Susan bat Mars schließlich, ihr das Abendessen ins Gästehaus zu bringen, und ging still durch die dichter werdende Dunkelheit zurück.
Aber die Angst ging mit ihr.
Sie war allein auf der stillen Terrasse, allein auf dem dunklen Pfad, und doch hatte sie das unheimliche Gefühl, nicht allein zu sein. War der Mord vielleicht wie ein böser Geist, der mit schwarzem Schwingenschlag darauf lauerte, ein zweites Mal herabzustoßen?
»Unsinn«, sagte Susan laut. »Unsinn«, und rannte den Rest des Weges.
Im Häuschen erwartete sie Michela. »Macht es Ihnen etwas aus«, fragte sie, »wenn ich heute nacht hier schlafe? Es sind ja zwei Betten da. Ich –« sie zögerte, »ich habe nämlich Angst.«
»Wovor?« fragte Susan. »Oder vor wem?«
»Ich weiß nicht, vor wem«, antwortete Michela. »Und auch nicht vor was.«
Es wurde einen Moment bedrückend still, dann zwang sich Susan, gleichmütig zu sagen: »Sie können gern

bleiben, wenn Sie nervös sind. Hier passiert nichts.«
Wirklich nicht? Hastig fügte sie hinzu: »Mars bringt mir das Abendessen hierher.«
Michela machte mit ihren drallen weißen Händen eine Bewegung der Ungeduld. »Sagen Sie meinetwegen, es sei Nervensache, obwohl ich weiß Gott keine Nerven habe, aber wenn Mars mit dem Essen kommt, dann vergewissern Sie sich erst, daß er es wirklich ist, ehe Sie die Tür aufmachen, ja? Obwohl – ich weiß nicht. Ich hab auf jeden Fall meinen Revolver mitgebracht. Er ist geladen.«
Sie griff in ihre Tasche, und Susan setzte sich mit einem Ruck kerzengerade. Susan, die sich mit Schußwaffen so gut und genau auskannte, daß sie jedem Polizeibeamten, der davon erfahren hätte, allein schon deshalb verdächtig erschienen wäre, fühlte sich in ihrer Gegenwart dennoch nicht recht wohl.
»Was ist?« fragte Michela. »Angst?«
»Überhaupt nicht«, versetzte Susan. »Aber ich glaube, ein Revolver ist überflüssig.«
»Hoffen wir es«, sagte Michela und starrte düster ins Feuer.
Danach sprachen sie kaum noch etwas miteinander. Die einzige Abwechslung an diesem unheimlichen Abend war das Erscheinen Mars' mit dem Essen.
Später am Abend allerdings hatte Michela doch noch etwas zu sagen. »Ich habe Joe nicht getötet!« erklärte sie abrupt. Und nach einer weiteren langen Schweigepause fragte sie: »Hat Christabel Sie gefragt, wie sie ihn töten könnte, ohne gefaßt zu werden?«
»Nein!«
»Oh.« Michela warf ihr einen merkwürdigen Blick zu. »Ich dachte, sie hätte es vielleicht von Ihnen planen lassen. Weil Sie sich doch mit Mord und so bestens auskennen.«

»Nein, das hat sie nicht getan«, sagte Susan mit Nachdruck. »Und ich plane niemals Morde für meine Freunde, damit Sie es wissen. So, und jetzt geh ich schlafen.«
Michela folgte ihr und legte den Revolver auf den Nachttisch zwischen den beiden Betten.
Wenn schon die letzte Nacht voll dunkler Befürchtungen gewesen war, so wurde diese zu einem wahren Alptraum. Susan wälzte sich rastlos hin und her und war sich mit Unbehagen bewußt, daß auch Michela wach war und keine Ruhe finden konnte.
Schließlich aber mußte sie doch eingeschlafen sein, denn sie fuhr plötzlich mit der Gewißheit hoch, daß sich im Zimmer etwas bewegt hatte. Dann sah sie am Fenster die dunklen Umrisse einer Gestalt. Es war Michela.
Susan ging zu ihr. »Was tun Sie da?«
»Pscht«, flüsterte Michela, das Gesicht an die Scheibe gedrückt.
Susan spähte hinaus, konnte aber nichts erkennen.
»Da draußen ist jemand«, flüsterte Michela. »Und wenn er sich noch einmal bewegt, schieße ich.«
Susan merkte plötzlich, daß das eiskalte Ding an ihrem Arm der Revolver war.
»Das werden Sie nicht tun«, sagte Susan und riß Michela die Waffe aus der Hand. Michela fuhr mit einem Fauchen herum, und Susan sagte scharf: »Legen Sie sich wieder hin. Da draußen ist niemand.«
»Woher wissen Sie das?« fragte Michela trotzig.
»Ich weiß es nicht«, antwortete Susan, über sich selbst erstaunt und den Revolver fest in der Hand. »Aber ich weiß, daß Sie hier nicht herumschießen werden. Wenn hier jemand schießt«, versetzte sie energisch, »dann bin ich das. Los, gehen Sie zu Bett.«
Aber noch lange, nachdem Michela eingeschlafen war,

saß Susan mit dem Revolver in der Hand aufrecht im Bett und lauschte.
Als es Morgen wurde, tauchte aus dem Gewirr bedrückender Gedanken die flatterhafte kleine Erinnerung an eine Erinnerung wieder auf, um sie zu quälen. Etwas, das sie gewußt hatte und nun nicht mehr wußte. Diesmal versuchte sie, ihre Gedanken so genau wie möglich zurückzuverfolgen, um das Irrlicht vielleicht auf dem Weg der Assoziation zu erhaschen. Sie hatte an den Mord und die möglichen Verdächtigen gedacht; daß Randy und Christabel und Tryon Welles übrigblieben, wenn Michela Joe nicht erschossen hatte. Und sie wollte nicht, daß Christabel es getan hatte; es durfte nicht Christabel gewesen sein. Bleiben Randy und Tryon Welles. Randy hatte ein Motiv, Tryon Welles hingegen nicht. Tryon Welles trug einen Ring, Randy trug keinen. Aber der Stein in dem Ring war ein Smaragd. Der Stein in Christabels Ring jedoch war von der Farbe, die Mars als rot bezeichnete. Rot – wie hätte er dann Michelas scharlachrotes Armband genannt? Rosa? Aber es war ein Armband. Sie riß sich zusammen, um diesem lästigen Phantom einer Erinnerung auf der Spur zu bleiben. Es war etwas ganz Triviales, aber etwas, das sie nicht ans Licht ziehen konnte. Und es war etwas, das sie brauchte. Das sie jetzt brauchte.
Sie erwachte und entdeckte mit Entsetzen, daß ihre Wange behaglich auf dem Revolver ruhte. Sie legte ihn rasch etwas zur Seite und sah mit Beklommenheit, daß es Tag geworden war und sich die Probleme nicht mehr aufschieben ließen. Zuerst Christabel.
Michela war immer noch schweigsam und verdrossen. Auf dem Weg über die Terrasse betrachtete Susan die Clematis, die sich in ihrem Spalier in die Höhe rankte. Sie war voller violetter Blüten – dunkel wie die Farbe des Amethyst.

Christabel war in ihrem Zimmer. Sie hatte ein Frühstückstablett auf den Knien und starrte mit leerem Blick zum Fenster hinaus. Sie wirkte um Jahre älter; wie innerlich geschrumpft. Ihre Bereitschaft, Susans Fragen zu beantworten, war rührend, aber ihre Antworten waren keine Hilfe. Susan ließ sie schließlich allein, da sie das Gefühl hatte, daß Christabel nur Einsamkeit wünschte. Doch Susan ging mit Widerstreben. Bald würde Jim Byrne zurückkehren, und sie hatte ihm nichts zu berichten, nichts als Vermutungen.
Randy erschien nicht zum Frühstück. Es wurde ein dunkles und ungemütliches Mahl. Dunkel, weil Tryon Welles etwas von Kopfschmerzen murmelte und das Licht ausschaltete, und ungemütlich, weil es gar nicht anders möglich war. Michela hatte sich umgezogen, sie trug wieder Rot. Der neckende Schatten einer Erinnerung trieb durch Susans Gedanken und löste sich auf, ehe sie ihn festhalten konnte.
Nach dem Frühstück wurde Susan ans Telefon gerufen. Es war Jim Byrne, der ihr mitteilte, daß er in einer Stunde da sein würde.
Auf der Terrasse gesellte sich Tryon Welles zu ihr und fragte: »Wie geht es Christabel?«
»Ich weiß es nicht«, meinte Susan bekümmert. »Sie wirkte wie – betäubt.«
»Ich wollte, ich könnte ihr helfen«, sagte er. »Aber ich sitze selbst in der Klemme. Ich kann nichts tun. Wegen des Hauses, meine ich. Hat sie es Ihnen nicht gesagt?«
»Nein.«
Er sah sie an, überlegte und fuhr bedächtig zu sprechen fort.
»Sie hätte nichts dagegen, daß Sie es wissen. Sehen Sie – ach Gott, es ist beinahe tragisch einfach. Aber ich kann es nicht ändern. Es ist so: Randy hat sich Geld von mir geliehen – immer wieder. Er hat es mit vollen

Händen ausgegeben. Ohne Christabels Wissen hat er Haus und Grundstück als Sicherheit angeboten. Jetzt weiß sie es natürlich. Ich stecke im Augenblick selbst in geschäftlichen Schwierigkeiten und mußte meine Rechte auf das Haus geltend machen, um eine Hypothek aufnehmen zu können, die mir helfen würde, die nächsten Monate zu überbrücken. Verstehen Sie jetzt?«
Susan nickte. War es dann vielleicht diese Tatsache, die Christabel so erschütterte?
»Es ist furchtbar«, beteuerte Tryon Welles. »Aber was bleibt mir anderes übrig? Und dann noch Joes Tod –« Er hielt inne, nahm sich zerstreut eine Zigarette aus seinem Etui und knipste sein Feuerzeug an. Die kleine Flamme leuchtete klar und hell. »Es ist – die Hölle«, sagte er paffend. »Für Christabel, meine ich. Aber was habe ich für eine Wahl? Ich muß mein Geschäft retten.«
»Natürlich«, sagte Susan langsam. »Das verstehe ich.«
Und ganz plötzlich, während sie noch das Feuerzeug anblickte, verstand sie tatsächlich. Es war so einfach, so wunderbar einfach. Sie sagte: »Haben Sie für mich auch eine Zigarette?« und war erstaunt, wie ruhig ihre Stimme klang.
Es war ihm peinlich, daß er ihr keine angeboten hatte. Er kramte das Etui wieder heraus und gab ihr dann Feuer. Susan blieb lange über die kleine Flamme geneigt. Schließlich hob sie den Kopf, sagte »Danke« und fügte ganz so, als hätte sie das alles geplant, hinzu: »Wären Sie so nett und würden Randy wecken, Mr. Welles, und ihn zu mir schicken? Jetzt gleich?«
»Aber gern«, sagte er. »Sie sind im Gästehaus?«
»Ja«, antwortete Susan und floh.
Sie saß über ihren Aufzeichnungen, als Jim Byrne eintraf. Er war frisch und munter und, wie Susan gleich

merkte, bereit, wohlwollend zu sein. Er rechnete also mit ihrem Mißerfolg.
»Na«, fragte er freundlich, »haben Sie den Mörder entdeckt?«
»Ja«, antwortete Susan.
Jim Byrne mußte sich plötzlich setzen.
»Ich weiß, wer Joe Bromfel getötet hat«, fuhr sie fort, »aber ich weiß nicht, warum.«
Jim Byrne zog ein Taschentuch heraus und tupfte sich leicht die Stirn. »Wie wär's«, meinte er, »wenn Sie mich einweihen?«
»Randy wird jeden Moment kommen«, sagte Susan. »Aber es ist alles ganz einfach. Verstehen Sie, der letzte Hinweis war nur der Beweis. Ich wußte, daß Christabel Joe nicht getötet haben konnte. Erstens ist sie unfähig, auch nur einer Fliege etwas zuleide zu tun; und zweitens hat sie ihn immer noch geliebt. Und ich wußte auch, daß Michela es nicht getan hatte. Die ist nämlich in Wirklichkeit feige. Außerdem hatte sie ein Alibi.«
»Was?«
»Ja. Sie war an dem Morgen wirklich lange Zeit im Kiefernwäldchen. Ich vermute, sie hat auf Randy gewartet, der verschlafen hatte. Ich weiß, daß sie dort war, weil sie von Milben ganz zerfressen war, und die gibt's nur in dem Wäldchen.«
»Vielleicht war sie aber am Tag vorher dort.«
Susan schüttelte entschieden den Kopf. »Nein, ich kenne diese kleinen Biester. Der Juckreiz hält einen Tag an, dann ist es vorbei. Und am Nachmittag war niemand im Wäldchen außer den Leuten des Sheriffs.«
»Dann bleiben also Randy und Tryon Welles.«
»Ja«, bestätigte Susan. Jetzt, da es zu handeln galt, fühlte sie sich elend und schwach. Würde sie mit ihrer Aussage einen Mitmenschen auf den langen, erniedrigenden Weg schicken, der nur tragisch enden konnte?

Jim Byrne wußte, was ihr durch den Kopf ging. »Denken Sie an Christabel«, sagte er leise.
»Oh, ich weiß«, erwiderte Susan bedrückt.
Von der Veranda war das Geräusch schneller Schritte zu hören.
»Sie wollten mich sprechen, Susan?« fragte Randy.
»Ja, Randy«, antwortete Susan. »Bitte sagen Sie mir, ob Sie bei Joe Bromfel Schulden hatten.«
»Woher wissen Sie das?« fragte Randy.
»Haben Sie ihm einen Schuldschein gegeben oder so was.«
»Ja.«
»Und was haben Sie als Sicherheit angeboten?«
»Das Haus –, es gehört mir allein.«
»Welches Datum trug der Schuldschein? Antworten Sie mir, Randy.«
Er hob den Kopf. »Sie haben wohl mit Tryon gesprochen«, sagte er trotzig. »Also gut, er war früher datiert als der Schuldschein, den ich Tryon gegeben habe. Ich konnte nicht anders. Ich hatte mich verspekuliert. Ich brauchte unbedingt –«
»Das Haus gehörte also in Wirklichkeit Joe Bromfel?« Susan war innerlich ganz kalt. Christabels Haus. Christabels Bruder.
»Äh – ja, wenn man's genau nimmt.«
Jim Byrne war leise aufgestanden.
»Und nach Joes Tod gehört es Michela, falls sie von dieser Sache weiß und auf ihr Recht besteht«, fuhr Susan fort.
»Ich weiß nicht«, entgegnete Randy. »Daran habe ich nie gedacht.«
Jim Byrne wollte etwas sagen, aber Susan brachte ihn zum Schweigen.
»Nein«, sagte sie müde, »er hat wirklich nicht daran gedacht. Und ich weiß, daß Randy Joe nicht getötet hat.

So wichtig war ihm Michela nicht, daß er das getan hätte. Tryon Welles hat Joe getötet. Er mußte Joe zum Schweigen bringen und den Schuldschein verschwinden lassen, um selbst Ansprüche auf das Haus geltend machen zu können. Randy, hatte Joe den Schuldschein hier bei sich?«
»Ja.«
»Er wurde aber nicht bei ihm gefunden.«
»Es wurde überhaupt nichts dergleichen gefunden«, warf Jim Byrne ein.
»Nach der Entdeckung des Mordes«, sagte Susan, »und vor dem Eintreffen des Sheriffs waren nur Sie und Tryon Welles in der oberen Etage. Nur Sie beide hatten Gelegenheit, Joes Zimmer zu durchsuchen und den Schuldschein zu vernichten. Waren Sie derjenige, der das getan hat, Randy?«
»Nein, nein!« Randy bekam eine dunkelrote Gesichtsfarbe.
»Dann muß Tryon Welles ihn gefunden und vernichtet haben.« Sie runzelte die Stirn. »Irgendwoher muß er gewußt haben, daß der Schuldschein hier war. Ich weiß nicht, woher; vielleicht hatte er deswegen eine Auseinandersetzung mit Joe, bevor er ihn erschoß, und Joe sagte ihm in seiner Arglosigkeit, wo der Schein zu finden war. Er hatte keine Zeit, Joe selbst zu durchsuchen. Aber er wußte –«
»Vielleicht«, stammelte Randy, »hab ich's ihm gesagt. Ich wußte, daß Joe ihn in seiner Briefmappe hatte. Er – er sagte es mir. Aber es wäre mir nicht in den Sinn gekommen, ihn an mich zu nehmen.«
»Eine amtliche Eintragung existierte nicht?« fragte Jim Byrne.
»Nein«, antwortete Randy beschämt. »Ich – er versprach mir, daß es unter uns bleiben würde.«
»Es würde mich interessieren«, sagte Susan, während

sie Randy in das unglückliche Jungengesicht blickte, »wie Tryon Welles Sie zum Schweigen bringen sollte.«
»Na ja«, murmelte Randy nach einer kleinen Pause, »ich weiß, ich hab mich nicht gerade ehrenhaft benommen. Aber Sie brauchen nicht auch noch Salz in die Wunde zu streuen. Ich hätte das nie gedacht; ich dachte an – Michela. Daß sie es getan hätte. Ich habe meine Lektion bekommen. Und wenn er den Schuldschein vernichtet hat, wie wollen Sie das alles dann beweisen?«
»Durch Ihre Aussage«, versetzte Susan. »Und außerdem haben wir ja noch den Ring.«
»Den Ring?« wiederholte Randy, und Jim Byrne beugte sich gespannt vor.
»Ja«, sagte Susan. »Ich hatte es vergessen, aber dann fiel mir ein, daß Joe Zeitung gelesen hatte, als er erschossen wurde. Die Vorhänge hinter ihm waren geschlossen. Folglich muß die Lampe neben seinem Sessel gebrannt haben, sonst hätte er nicht lesen können. Sie brannte aber nicht mehr, als ich in die Bibliothek kam. Der Mörder hat sie also ausgemacht, ehe er floh. Und seitdem hat er sorgfältig darauf geachtet, elektrisches Licht zu meiden.«
»Was reden Sie da?« rief Randy verwirrt.
»Er mußte den Ring weiterhin tragen«, sagte Susan. »Zu seinem Glück trug er ihn am ersten Abend nicht – die Farbe hätte wohl nicht zu seiner grünen Krawatte gepaßt. Aber heute morgen zündete er sich eine Zigarette an, und da hab ich es gesehen.«
»Was denn nur?« fragte Randy gereizt und ungeduldig.
»Daß der Stein gar kein Smaragd ist«, antwortete Susan. »Es ist ein Alexandrit. Im Licht der Feuerzeugflamme wechselte er die Farbe.«
»Ein Alexandrit?« rief Randy aufgebracht. »Was ist das?«
»Das ist ein Edelstein, der bei künstlichem Licht rötlich-

violett leuchtet und bei Tageslicht smaragdgrün«, erklärte Jim Byrne kurz. »Ich hatte vergessen, daß es so etwas gibt; ich glaube, ich habe noch nie einen gesehen. Diese Steine sind selten und teuer. Teuer«, wiederholte er langsam. »Dieser hier hat ein Leben gekostet.«
»Aber wenn Michela von dem Schuldschein weiß«, unterbrach Randy, »dann wird Tryon vielleicht auch sie töten.« Er brach ab, versank einen Moment in Nachdenklichkeit, nahm sich dann eine Zigarette. »Soll er«, sagte er leichthin.
Es war also Tryon Welles gewesen, der in der Nacht herumgeschlichen war – wenn tatsächlich jemand dagewesen war. Er war sich vielleicht unsicher gewesen, wieviel Michela wußte, sicher aber seiner Fähigkeit, mit ihr und Randy, der bei ihm so tief in der Kreide stand, fertig zu werden.
»Michela weiß im Moment nichts«, sagte Susan langsam. »Und wenn Sie mit ihr sprechen, Randy, wird sie sich vielleicht mit einer Barabfindung zufriedengeben. Irgendwie müssen Sie dieses Haus für Christabel zurückerwerben, Randy, und zwar auf ehrliche Weise.«
»Aber jetzt«, sagte Jim Byrne vergnügt, »kommt erst mal der Sheriff zum Zug. Und meine Story.«
An der Tür blieb er stehen und drehte sich noch einmal nach Susan um. »Darf ich später wiederkommen und Ihre Schreibmaschine benutzen?«
»Ja«, sagte Susan Dare lächelnd.

Eine mörderische Nacht

Eine der drei Personen, die mit mir beim Abendessen am Tisch saßen, hatte einen Scheck gefälscht und drei Tage zuvor einen Menschen getötet. Ich hatte das Foto des Mörders und Fälschers in der Tasche. Und dennoch war ich nicht in der Lage, die Person, die die Unterschrift Horace Wells' gefälscht und dann seinen Neffen Lassiter Wells erschossen hatte, zu identifizieren.
Mein Name ist James Wickwire. Ich bin der Seniorvizepräsident einer Bank, unter deren Dach ich die meiste Zeit meines Lebens verbracht habe. Horace Wells ist mein langjähriger Freund und Klient. Als Lassiter erschossen wurde, erhielt ich von Horace, der sich in Regierungsangelegenheiten in Rom aufhielt, einen Eilbrief. Brief und Foto befanden sich, wie gesagt, in meiner Tasche.
»Lieber Jim,
wahrscheinlich hast Du es bereits in den Zeitungen gelesen: Mein Neffe Lassiter wurde letzte Nacht erschossen. In seinem Zimmer auf der Farm. Nur drei weitere Personen im Haus; das Gewehr aus meinem eigenen Gewehrschrank in der Bibliothek; darauf seine Fingerabdrücke – eine Fälschung ganz zweifellos. So etwas geht in Sekunden. Die Polizei spricht von Selbstmord. Es war Mord!
Hier die Fakten: Lassiter war mein Sekretär. Gestern entdeckte er einen gefälschten Scheck zu meinen La-

sten. Der Scheck war über zweitausend Dollar auf Lassiter ausgestellt; er war mit Lassiters Namen indossiert und trug meine Unterschrift. Er wurde bei Deiner Bank eingelöst, wo Lassiter nicht bekannt ist. Der Scheck stammte aus meinem Scheckbuch von der Farm.
Lassiter berichtete mir von der ganzen Sache in einem Telegramm. Er schrieb, die Person, die sich den Scheck ausbezahlen ließ, müsse Ausweispapiere vorgelegt haben, und seine eigene Brieftasche mit Mitgliedsausweisen und dergleichen sei eine Zeitlang verschwunden gewesen. Sie tauchte später wieder auf, aber er meinte zu wissen, wer sie entwendet hatte. Er schlug vor, die ganze Geschichte ihm zu überlassen, er wolle niemanden beschuldigen, bevor er alles genau untersucht hätte, aber er würde die Sache auf jeden Fall erledigen. In der Nacht darauf wurde er erschossen.
Einzig die drei Leute in meinem Haus hatten Zugang zum Scheckbuch; alle Angestellten wohnen außer Haus. Bei den drei besagten Personen handelt es sich um John Murdock, meinen Verwalter, Lisa Benly, seine Assistentin, und Chloe Henderson, eine junge Witwe, die bei mir zu Gast ist.
Jim, könntest Du auf die Farm hinausfahren und die Sache klären? Ich werde Murdock telegrafieren und ihm mitteilen, daß du kommst, um den Wert der Farm zu schätzen.«
Unterschrieben war der Brief mit »Horace Wells«.
Ich antwortete telegrafisch – und allzu zuversichtlich: »Identifizierung einfach, da im Besitz des Fälscherfotos. Gruß, Wickwire.« Dann fuhr ich zur Farm hinaus.
Da Horace Wells mein Kommen bereits angekündigt hatte, wunderte sich niemand über meine Ankunft – das heißt, niemand außer einem monströsen rotbraunen Hund, der plötzlich aus dem Nichts auftauchte, als

ich dem Dorftaxi entstieg und den Weg hinaufging. Ich muß sagen, er hatte große Ähnlichkeit mit dem Hund von Baskerville und ließ ein so grimmiges Knurren hören, daß ich wie angewurzelt stehenblieb. Aber ich mag Hunde und kann ohne Übertreibung sagen, daß sie auch mich mögen. Ich streckte ihm daher die Hand hin, Handfläche nach unten, wie die Hunde-Etikette das verlangt. Er beschnupperte die Hand, inspizierte Schuhe und Koffer, fand mich offenbar annehmbar und wedelte mit dem Schwanz. Ich kraulte ihm die Ohren, der Schwanz wedelte schneller, dann wurde geräuschvoll die Haustür geöffnet, und der Hund sprang eilig davon.
Ein dünner, unscheinbarer Mann kam mir entgegen. »Mr. Wickwire? Wir haben Sie schon erwartet. Ich bin John Murdock. Sie kommen gerade rechtzeitig zum Abendessen.«
Bereits an diesem Punkt wurde mein Vertrauen in die Fotografie das erstemal erschüttert. Als er mich dann ins Haus führte und mich mit Mrs. Henderson und Lisa Benly bekannt machte, schwand es gänzlich. Ich erkannte schlagartig, daß mein Optimismus verfrüht gewesen war. Das Foto zeigte das Gesicht eines dieser drei Menschen, aber ich konnte nicht sagen, welches.
Jemand reichte mir einen Cocktail, und wir gingen zu Tisch. Ich genoß den gebratenen Fasan, lauschte den Tischgesprächen (in denen Lassiter Wells mit keinem Wort erwähnt wurde, obwohl er erst drei Tage tot war) und wehrte einen roten Setter ab, der nach dem Keks in meiner Hand schnappte. Die Unterhaltung drehte sich in erster Linie um Hunde und Pferde, die es anscheinend in Mengen gab, nicht nur auf dem Hof, sondern auch im Speisezimmer. In Öl gemalte Pferde mit Namensplaketten aus Messing blickten

mit schwermütigem Ausdruck von den Wänden auf mich herab. Hunde japsten und kratzten und sprangen uns um die Beine; mein rotbrauner Freund war allerdings nicht unter ihnen. Ein dicker Diener servierte Salat und war der einzige Anwesende, der als Mörder nicht in Frage kam, einfach weil er dick war.
Ich war noch mit meinem Fasan beschäftigt, als ein großer siamesischer Kater an der Tür der Bibliothek erschien. Er sprang auf den Tisch, schnappte sich einen Knochen von meinem Teller und war mit einem Riesensatz wieder in der Bibliothek verschwunden. Die Hunde jagten ihm nach. Keiner am Tisch zuckte auch nur mit der Wimper. Gleich darauf tönte aus der Bibliothek verdutztes Kläffen, der Kater hatte wohl die Verfolger abgeschüttelt, und das Dessert wurde gereicht. Chloe Henderson schlug eine Partie Bridge vor. John Murdock meinte kurz, das sei ein hervorragendes Spiel, und wir wechselten in die Bibliothek, wo der Kater auf dem Kaminsims hockte und vergnügt seinen Knochen abnagte, während er die Hunde völlig ignorierte, die unten im Halbkreis um ihn herumstanden und in hilfloser Wut zu ihm hinaufstarrten. Ein Gewehrschrank – *der* Gewehrschrank – war, in die Wand eingebaut, auf der anderen Seite des Raums. Mrs. Henderson schenkte Kaffee ein und ging uns voraus zum Bridgetisch.
»Ich wohne im Haus nebenan«, erzählte sie mir während des ersten Robbers. »Es ist wirklich reizend von Horace, mir hier Unterkunft zu geben, während mein Haus renoviert wird.«
John Murdock warf ihr einen unmutigen Blick zu. »Sie sind eine Verschwenderin, Chloe. Sie hätten das Geld lieber für ein neues Stalldach verwenden sollen.«
Sie zuckte geziert die Achseln. »Ich war froh, daß ich hier war, als – als das Unglück geschah. Der arme Horace! Ich habe ihm sofort telegrafiert.«

Wieder zog John Murdock ein unwilliges Gesicht. »Sie sind dran, Mr. Wickwire.«
Ich spielte, voreilig, wie sich zeigte, einen Trumpf aus und wagte eine direkte Frage. »Sprachen Sie eben von Lassiter Wells' Selbstmord? Horace hat mir davon geschrieben. Wie konnte das geschehen?«
John Murdock antwortete: »Zwei Pik.«
Chloe Henderson erklärte: »Es war schrecklich. Keiner von uns ahnte, daß ihm so etwas im Kopf herumging. Wir schliefen, und dann krachte der Schuß – grauenvoll. Bis wir alle ganz wach waren und jemand Licht gemacht hatte und – als Lassiter nicht im Vorsaal erschien, gingen wir in sein Zimmer, aber da war – da war er schon tot. Er muß sofort tot gewesen sein. Das habe ich auch Horace geschrieben. Drei Kreuz.«
Ich hatte praktisch kein Kreuz, wie ich plötzlich mit Schrecken entdeckte.
Lisa Benly sagte: »Vier Karo.«
Meine Partnerin, Chloe Henderson, schenkte meinen Bemühungen, sie über mein kreuzloses Blatt zu unterrichten, keine Beachtung, reizte auf Kreuz, und wir verloren prompt. Auch bei den folgenden Spielen tat ich mich leider nicht rühmlich hervor, da ich immer noch – und weiterhin erfolglos – versuchte herauszubekommen, welches der drei Gesichter am Spieltisch denn nun mit dem Gesicht auf dem Foto in meiner Tasche identisch war.
Die Existenz der Fotografie war keineswegs dem Zufall zu verdanken. Wir hatten bei der Bank bereits mit einigen kleineren Fälschungen zu tun gehabt. Ich brauche wohl nicht extra zu betonen, daß man in Bankkreisen Fälschungen mit einer gewissen Voreingenommenheit gegenübersteht. Es gibt gute Gründe, etwas gegen sie zu unternehmen, da, wie vielleicht nicht allgemein bekannt ist, jede Bank die Konten ihrer Kun-

den schützt, indem sie für irrtümlich eingelöste gefälschte Schecks geradesteht. Es galt daher, weitere Fälschungen zu verhindern. Eine unserer Maßnahmen bestand darin, daß wir an den Schalterfenstern Kameras einbauen ließen und einen Plan ausarbeiteten, der es erlaubte, das Gesicht eines jeden, der sich am Schalter präsentierte, unauffällig zu fotografieren und das entstandene Bild samt allen Informationen, die sich auf es bezogen, zu archivieren. Zum Zeitpunkt der Wells-Fälschung lief das Experiment bereits, und so gelangte ich in den Besitz eines Fotos der Person, die sich als Lassiter Wells ausgegeben und frech den gefälschten Scheck vorgelegt hatte.

Tatsache war jedoch – und gegen Ende des ersten Robbers konnte ich es nicht mehr leugnen –, daß das Gesicht auf dem Foto ein x-beliebiges Gesicht hätte sein können. Vielleicht hatte der Schalterbeamte nicht gerade den glücklichsten Moment gewählt, als er auf den Auslöser der Kamera gedrückt hatte: Der Kopf jedenfalls war gesenkt, und das Gesicht überschattet von einem Hut, der tief in die Stirn gezogen war. Vor allem jedoch war es eines jener Gesichter, die sich vor einer Kamera in völlige Anonymität auflösen; mir allerdings war das erst aufgefallen, als sich das Problem der Identifizierung stellte. Ich hätte jetzt nicht einmal mehr mit Sicherheit sagen können, ob es sich um das Gesicht eines Mannes oder einer Frau handelte. Die Gestalt auf dem Foto trug Männerkleidung, aber es soll schon vorgekommen sein, daß Frauen sich mit Erfolg als Männer getarnt haben. Das Gesicht war ein schmales helles Oval; das Haar war kurz. Mehr war nicht zu sehen.

Jedes der drei Gesichter am Tisch hätte man sich in das Foto hineindenken können. John Murdock war völlig unscheinbar; er hatte ein Gesicht, wie man es an einem

Tag hundertmal sehen kann, ohne es zu registrieren. Die schlanke und attraktive Chloe Henderson hatte so viel Augenschminke, Lippenstift und anderes Zeug aufgetragen, daß ihr Gesicht einer gemalten Maske glich. Lisa Benly, ebenfalls schlank, war auf andere Art maskiert. Sie trug überhaupt kein Make-up. Ihr Gesicht war ein nacktes, leicht schimmerndes Oval, so unscheinbar wie das von John Murdock. Mrs. Henderson hatte schwarzes lockiges Haar, Lisa Benly glattes braunes. Aber beide Frauen trugen ihr Haar sehr kurz geschnitten. Ich verfluchte im stillen die derzeitige Mode und wünschte, Horace Wells hätte sich sachkundigere Unterstützung gesucht als mich.
Nach einer Weile schlurfte der dicke Diener mit einem Tablett mit einem Krug eisgekühltem Wasser und mehreren Karaffen herein und zog sich dann wieder zurück. Chloe Henderson gähnte und sagte: »Noch einen Robber« – und plötzlich erstarrten alle.
Ich bemerkte es, ehe ich wußte, was geschehen war, denn ich sah zufällig gerade Lisa Benly an, die plötzlich und scheinbar ganz ohne Grund leichenblaß wurde. Ein Hund, der in meiner Nähe lag, stellte die Nackenhaare auf, ohne auch nur den Kopf zu heben. John Murdock krampfte die Hand so fest um seine Karten, daß sie knickten. Der Kater richtete sich lautlos auf und machte einen Riesenbuckel, und seine blauen Augen wurden rotglühend. Der ganze Raum war wie unter einem schrecklichen Fluch, und doch war nicht ein Laut zu hören. Dann sah Chloe Henderson von ihren Karten auf, erfaßte die Situation mit einem schnellen Blick und sagte: »Lieber Gott, es ist doch nur Happy.«
Sie drehte den Kopf, um über die Schulter zu blicken, und gestattete mir so freie Sicht auf die offene Tür, wo der Hund von Baskerville stand, mein rotbrauner

Freund. Sein ruhiger Blick hatte tatsächlich etwas Unheildrohendes an sich, doch als er mich sah, begann er zaghaft mit dem Schwanz zu wedeln. Ich wollte aufstehen, um der freundlichen Annäherung auf halbem Weg entgegenzukommen, als Murdock mich mit stählerner Hand beim Arm packte und mich auf den Stuhl zurückzog. Chloe Henderson sprang auf, ging auf das mächtige Tier zu, nahm es beim Halsband, gab ihm einen leichten Klaps auf die große Schnauze und führte es hinaus und die Treppe hinauf.
Niemand, nicht einmal der Kater, machte eine Bewegung. Erst als irgendwo über uns geräuschvoll eine Tür geschlossen wurde, betupfte sich Lisa Benly die bleichen Lippen mit einem Taschentuch und John Murdock ließ mit einem unsicheren Lachen seine Karten fallen.
»Wir müssen etwas gegen diesen Hund tun. Er ist ein Killer. Wir hätten ihn sterben lassen sollen. Er ist die Tierarztrechnung nicht wert. Er war Lassiters Hund und ist keinen Moment von seiner Seite gewichen. Nur Lass verstand ihn zu nehmen. Lass und Chloe.«
»Dieser Hund ist kein Killer«, entgegnete ich entrüstet, worauf Murdock und Lisa Benly mir einen Blick tiefster Verachtung zuwarfen.
»Ich habe ihn in Lass' Zimmer gesperrt«, sagte Chloe, als sie zurückkam. »Ich lasse ihn später raus, wenn Sie alle zu Bett gegangen sind.«
Sie setzte sich und nahm ihre Karten auf. Lisa Benly erklärte, für diesen Abend hätte sie genug vom Kartenspiel. Murdock stimmte ihr zu. Ich nutzte den Augenblick, um mein Taschentuch herauszuziehen und mit ihm die Fotografie, die ich wie versehentlich auf den Tisch fallen ließ.
Ich bin weder ein mutiger noch ein impulsiver Mensch. Ich wollte eigentlich nur sehen, was gesche-

hen würde. Leider geschah gar nichts. Natürlich warfen alle drei ganz automatisch einen Blick auf das Foto; dessen war ich sicher. Aber Chloe Henderson sammelte nur ihre Karten ein. John Murdock sagte, er müsse früh am Morgen in den Pferdeställen sein. Lisa Benly wünschte allen gute Nacht und zog sich zurück. Ich nahm das Foto und steckte es wieder ein. Die Hunde erhoben sich von ihren diversen Ruheplätzen, und der Kater sprang uns voraus die Treppe hinauf. Chloe Henderson führte mich in ein freundliches Gästezimmer, das allerdings etwas zu üppig mit Chintz und Hunde- und Pferdebildern ausgestattet war.
»Schade, daß Horace nicht hier ist«, sagte sie. »Horace und ich – wir wollen nämlich heiraten, wissen Sie.«
Das erklärte nicht nur ihr Gastgeberinnengehabe, sondern auch einen Teil von Horaces Besorgnis. Ein Freispruch war es nicht. Ich konnte mir die Überlegung nicht verkneifen, daß mit Lassiters Beseitigung gleichzeitig ein, wenn man so sagen will, rivalisierender Erbe von Horaces Vermögen aus der Welt geschafft worden war. Zudem hatte Murdock die Dame als Verschwenderin bezeichnet, und irgend etwas, vielleicht das ungewöhnlich ausgeprägte Gespür des Bankers für Geld und Menschen, sagte mir, daß die Behauptung zutraf. Vielleicht hatte sie den Scheck gefälscht, weil sie finanziell in der Klemme gesteckt hatte; und als Lassiter sie beschuldigte, war ihr in ihrer Verzweiflung kein anderer Ausweg eingefallen, als ihn zu töten. Und natürlich konnte ihr Gesicht – ohne die aufgeschminkte Maske – das auf dem Foto sein.
Aber ebensogut konnte es das Gesicht Lisa Benlys oder John Murdocks sein. Nachdem ich zu der Nachricht von der geplanten Heirat eine passende Bemerkung gemacht hatte, sagte ich: »Ich kannte Murdock noch gar nicht. Arbeitet er schon lange für Horace?«

»Seit fünf Jahren«, antwortete sie. »Horace bezahlt ihn gut. Meiner Ansicht nach zu gut. John Murdock wartet nur auf den Moment, wo er genug Geld beisammen hat, um sich einen eigenen Hof zu kaufen. Sobald ihm das möglich ist, wird er Horace einfach sitzenlassen.«
»Dann könnte aber doch gewiß Lisa Benly seinen Posten übernehmen.«
Chloe Hendersons Augen blitzten. »Wenn Lisa Geld sieht, ist sie zu allem bereit. Ich habe Horace geraten, sich nicht auf sie zu verlassen. Gute Nacht, Mr. Wickwire.«
Damit rauschte sie ab, nachdem sie vorher einen roten Setter und einen Spaniel, die sich ins Zimmer geschlichen hatten, vertrieben und angemerkt hatte, sie sperre die Hunde immer in der Küche ein, ehe sie Happy herausließe, der, wie ich es verstand, nachts freien Auslauf im Haus hatte. Nachdem ich meine Türe abgesperrt hatte, bemerkte ich, daß der siamesische Kater es sich oben auf dem Bücherregal zwischen einem Haufen gerahmter Fotos gemütlich gemacht hatte. Er funkelte mich aus blauen Augenschlitzen an und wollte sich partout nicht vertreiben lassen.
Jeder von ihnen hatte also, wenn ich den unerbetenen Auskünften glaubte, ein Motiv für Fälschung und Mord. Chloe, die Verschwenderin. Lisa, die für Geld alles tun würde. Murdock, der nur den eigenen Hof anstrebte. Wieder zog ich das Foto heraus, aber so angestrengt ich es auch betrachtete, das Gesicht blieb ein blasser, unkenntlicher heller Fleck, und ich steckte es ungeduldig wieder ein. Der Kater war es, der mich auf einen Kurs brachte, den ich gleich zu Beginn hätte einschlagen sollen, aber ich bin eben kein Experte. Entweder aus angeborenem Mutwillen oder weil er sich auf dem vollgestellten Bücherregal mehr Platz schaffen wollte, schob er blitzschnell eine sepiafarbene Pfote

vor, versetzte einem Foto in silbernem Rahmen einen gezielten Stoß und reckte den Hals, um dem hinabfallenden Bild mit einer Art selbstzufriedenen Interesses nachzusehen. Natürlich ging ich hin und hob das Bild auf. Es war eine Gruppenaufnahme, fünf Personen, die in andächtiger Bewunderung um ein Pferd standen.
Horace Wells, ein korpulenter Riese, lächelte. Ein jüngerer Mann, ebenfalls groß und korpulent, war unverkennbar Lassiter Wells; er sah seinem Onkel sehr ähnlich. Sein Gesicht war eindeutig nicht das des Fälschers. Nicht weit entfernt stand John Murdock; durch das Auge der Kamera gesehen hatte sein dünnes Gesicht harte, räuberische Züge. Lisa Benly, in Jeans und weißer Bluse, hielt die Zügel; ihr ungeschminktes Gesicht war ein schimmerndes Oval. Und Chloe Henderson sah aus wie eine Filmdiva in elegantem Reitkostüm und anmutiger Pose. Das Pferd sah gelangweilt aus, und ich wußte, wer den Scheck gefälscht und Lassiter ermordet hatte.
Das heißt, es war mir klar, aber ich hatte keine Ahnung, wie ich es beweisen sollte.
Irgendein Tier trottete durch den Gang und schnupperte so gierig schnaubend unter meiner Tür, daß ich wußte, es konnte nur Happy sein. Nach einiger Zeit trottete er wieder davon, und ich dachte plötzlich: Lassiters Hund, der nie von seiner Seite wich, und nur Chloe Henderson in Lassiters Zimmer gelassen hätte – in dem er erschossen worden war.
Ich dachte eine ganze Weile nach, und schließlich kam mir ein Gesprächsfetzen des vergangenen Abends ins Gedächtnis, der, wenn er das bedeutete, was ich glaubte, weiterführen konnte, wenn ich auch nicht recht wußte, wohin. Ich halte nicht viel von Ahnungen, aber vielleicht sind sie in Wirklichkeit das

Ergebnis von Beobachtungen und Instinkten. Wie dem auch sei, ich ging hinunter.
Ich bemühte mich nicht, leise zu sein. Ich war ziemlich sicher, daß irgendwo, durch das Foto gewarnt, noch jemand wach war und angestrengt lauschte. Sollte er ruhig mein Tun registrieren. Happy, der Hund, war natürlich irgendwo im Haus unterwegs, aber da ich beim besten Willen nicht an die Theorie vom Teufel in Hundegestalt glauben konnte, hoffte ich nur, er würde nicht bellen und das ganze Haus auf die Beine bringen. Auf halbem Weg durch den Korridor drückte sich plötzlich eine kalte Nase an meine Hand. Ich bekam einen kleinen Schreck, aber gleich zog der Hund sich lautlos in die Dunkelheit zurück, und ich ging weiter zur Bibliothek. Ich ließ die Tür angelehnt, damit meine Stimme zu hören war, und tastete mich zum Telefon, das ich auf dem Tisch gesehen hatte. Mit Hilfe der Telefonistin, die die von mir gewünschte Nummer wußte und durchwählte, führte ich ein Ortsgespräch. Die Antwort auf meine Frage entsprach meiner Erwartung. Lauschend wartete ich einen Moment. Nach einiger Zeit war ich sicher, aus dem Flur ein schwaches Geräusch zu hören. Ich mußte irgend etwas tun, und da mir nichts anderes einfiel, meldete ich ein Ferngespräch mit Horace Wells in seinem Hotel in Rom an – aber in Wirklichkeit tat ich das gar nicht, sondern drückte dabei die ganze Zeit auf die Gabel und horchte in die Dunkelheit.
Ich gebe zu, daß ich eine Gänsehaut bekam, als ich das feine Wispern der sich öffnenden Tür hörte. Doch ich brüllte ins Telefon, wie man das eben bei einem Ferngespräch tut, ganz gleich, wie gut die Verbindung ist. »Horace! Ich bin auf der Farm.« Ich machte eine Pause, um dem vorgetäuschten Telefongespräch Glaubhaftigkeit zu verleihen. Dann antwortete ich auf eine Frage,

die nicht gestellt worden war. »Ja, Lassiter ist ermordet worden. Kein Zweifel. Und ich kenne den Täter. Ich habe Beweise . . .« Hier legte ich wieder eine Pause ein, da ich der Meinung war, daß Horace an dieser Stelle sicher etwas eingeworfen hätte, und hörte von der anderen Seite des Raums ein feines, aber unverkennbares Knarren. Es kam von der Tür des Gewehrschrankes, dessen gefährliche Nähe zum Telefon und zu mir ich ganz vergessen hatte.

Ich weiß nicht mehr genau, was ich dann tat, aber ich glaube, ich handelte mit einer gewissen Blitzartigkeit, denn plötzlich kauerte ich hinter dem Sofa, und aus dem Telefonhörer, den ich fallen gelassen hatte, drang mit metallischer Schärfe die Stimme einer aufgebrachten Telefonistin. Abgesehen davon war es völlig still, beängstigend still, wenn ich mal so sagen darf. Ich weiß nicht, wieviel Zeit verging, ehe mir bewußt wurde, daß ein neues Element sich in den Raum eingeschlichen hatte.

Es war immer noch totenstill; ein rein atavistischer Instinkt verriet mir seine Anwesenheit. Bis es sich plötzlich mit einem furchtbaren Knurren zu erkennen gab. Krachend fiel ein Stuhl um. Revolverschüsse knallten. Sie hörten auf; ihr Echo verklang. Und in der Stille erhob sich ein gellender und unbeschreiblich grusliger Schrei.

Es war die Telefonistin, die schrie. Das erkannte ich erst nach einem Moment des Schreckens. Gleichzeitig wurde mir klar, daß sechs Schüsse abgegeben worden waren und ich mitgezählt haben mußte, ohne mir dessen bewußt zu sein. Daraufhin kroch ich zum Tisch, tastete oben herum, fand eine Lampe und schaltete sie ein.

Lisa Benly stand mit einem Revolver in der Hand tief in eine Zimmerecke gedrückt. Ich erwischte Happy ge-

rade noch, als er ihr an die Kehle springen wollte, packte ihn mit beiden Händen am Halsband und riß ihn mit aller Kraft zurück. Lisa kreischte: »Halten Sie ihn fest!« und ließ die Waffe fallen.
»Kusch, Happy!« brüllte ich. »Kusch.«
Ich weiß nicht, wieso ich erwartete, daß er mir gehorchen würde, und habe keine Ahnung, wieso er mir tatsächlich gehorchte; jedenfalls ließ er sich brav zu meinen Füßen nieder. Lisa Benly starrte mich lange an und schlug die Hände vor das Gesicht, als Chloe Henderson und John Murdock ins Zimmer kamen.
Minuten später erschien die Polizei, von der zu Tode erschrockenen Telefonistin alarmiert. Es entwickelte sich ein lebhaftes Gespräch, an dem ich mich nur unter größten Schwierigkeiten beteiligen konnte, da der Hund von dem Einverständnis zwischen uns begeistert schien und dies durch kräftige Gesten der Freundschaft kundtat. Ich wehrte seine Riesenpfoten ab so gut ich konnte und berichtete der Polizei, daß meiner Überzeugung nach Lisa Benly den Scheck gefälscht hatte; daß Lassiter Wells Grund gehabt hatte – welcher Art genau, würden wir wohl nie erfahren –, sie zu verdächtigen, daß sie ihm Papiere entwendet hatte, um sich ausweisen zu können; daß er sie beschuldigt und sie ihn daraufhin erschossen hatte.
»Ich weiß nicht, was sie mit dem Geld getan hat, aber ich denke, Sie werden es finden, möglicherweise auf einem Girokonto unter anderem Namen. Ich würde außerdem vorschlagen –« dabei zog ich das Foto aus der Tasche – »daß Sie dieses Bild zusammen mit einem anderen oben aus dem Gästezimmer von Sachverständigen vergleichen lassen.«
Die Gesichter der beiden Polizisten blieben so leer wie das auf dem Foto, so daß ich gezwungen war, nähere Erklärungen zu geben. »Beim Fotografieren geschehen

mit Gesichtern die seltsamsten Dinge. Manche scheinen sich zu verwischen und allen Ausdrucks zu entleeren; andere gewinnen eine strahlende Klarheit der Züge – Gesichter von Filmstars zum Beispiel. Mrs. Hendersons Gesicht zeigt sich auf dem Bild oben ausgesprochen fotogen; es wirkt weit schöner, als es tatsächlich ist.«
Mrs. Henderson stöhnte schmerzlich, und ich fuhr fort.
»Auch John Murdocks Gesicht ist fotogen, wenn auch auf andere Weise. Seine Züge werden auf einem Foto entschieden häßlich – scharf, sollte ich wohl sagen.« John Murdock zog seine unsicher hängende Hose hoch und schien erstaunlicherweise erfreut. »Andererseits«, fügte ich hinzu, »gibt es Gesichter, die ausgesprochen unfotogen sind. Sie verwischen sich vor einer Kamera fast bis zur Unkenntlichkeit. Von Leuten mit solchen Gesichtern wird oft gesagt, daß sie auf jedem Foto anders aussehen und keines Ähnlichkeit mit ihnen hat. Zu diesen Leuten gehört Miss Benly. Sie ist, kurz gesagt, unfotogen. Wie das Gesicht auf dieser Fotografie. Da es sich um eine Aufnahme einer dieser drei Personen handelt, und Murdock und Mrs. Henderson auszuschließen sind, kann es nur das Foto Lisa Benlys sein.«
Den Polizisten war das selbst nach meiner Erklärung längst nicht so klar wie mir. Sie musterten mich skeptisch. Aber schließlich sagte der eine unsicher: »Na ja, sie hat immerhin einen Revolver gehabt.«
»Vielleicht wollte sie damit auf mich schießen, denn sie hatte ja das fingierte Telefongespräch belauscht, aber dann schoß sie auf den Hund. Er ist angeblich ein Killer.« Genau in diesem Augenblick legte sich Happy zu meinem Ärger auf den Rücken und verdrehte zärtlich die Augen nach mir. Die Blicke der Polizisten wur-

den noch skeptischer. Es war ein konkreter Beweis gefragt, und den lieferte ich ihnen auch. »John Murdock war der Hund nicht geheuer. Lisa Benly aber hatte Todesangst vor ihm. Der Hund war Lassiter treu ergeben. Niemals hätte sie es gewagt, nachts Lassiters Zimmer zu betreten, wenn der Hund darin gewesen wäre. Heute abend erwähnte John Murdock eine Tierarztrechnung. Ich habe eben den Tierarzt angerufen. Er erzählte mir, daß er den Hund in der Nacht, in der Lassiter erschossen wurde, in Behandlung hatte. Er hatte eine Vergiftung. Ich glaube, daß sie ihn vergiftete, um ihn aus dem Weg zu räumen, und ich vermute, Sie werden feststellen, daß sie sich in einer Apotheke hier in der Nähe Gift besorgte und als Grund für den Kauf irgendwelche Probleme auf der Farm nannte.«
An dieser Stelle machte John Murdock seine einzige, aber dafür sachdienliche Bemerkung. »Arsen. Sie sagte, sie hätte es wegen der Ratten besorgt. Sie kaufte es am Nachmittag vor Lassiters Tod.«
»Das sieht mir schon eher nach Beweis aus«, sagte einer der Polizisten und streckte die Hand nach dem Foto aus. Die Geste kam bei Happy falsch an. Ich mußte den Hund mit mir nach oben schleppen, als ich das gerahmte Gruppenfoto für die Polizei holte. Oben hätte mich fast der Schlag getroffen.
Ich hatte die grelle Deckenbeleuchtung angemacht und warf zufällig einen kurzen Blick in den Spiegel. Das Gesicht, das mich ansah, mein Gesicht, wirkte im blendenden Licht verschwommen, fast wie ausgelöscht. Es war völlig unkenntlich.
Daher die schlechten Paßfotos, die ich auf pure Gemeinheit des Fotografen geschoben hatte. Aber wenn ich auch schon immer gewußt habe, daß ich ein Durchschnittsgesicht habe, kann ich nicht behaupten,

es wäre erfreulich gewesen zu entdecken, daß es auf einem Foto wie ein x-beliebiges aussah.

Ein paar Tage nach Horace Wells' Rückkehr bekam ich den nächsten Schock. Auf der Bank wurde eine riesengroße Kiste abgegeben, außen war eine Karte befestigt, von innen kam schauriges Geheul. Bevor ich den Boten davon abhalten konnte, hatte er die Kiste geöffnet, stieß einen Entsetzensschrei aus und stürzte, ein mir bekanntes rotbraunes Monstrum dicht auf den Fersen, zur Tür. Wächter kamen angerannt; Kunden flüchteten sich auf die Schaltertische.

Die Karte war von Horace Wells und begann folgendermaßen: »Lieber Jim, Happy verzehrt sich, wie Chloe meint, in Sehnsucht nach Dir. So sind Hunde nun mal. Er braucht nur ungefähr zwanzig Kilometer Auslauf pro Tag und mag am liebsten Steaks, ich würde sagen, so um die fünf Pfund pro Fütterung...« Ich las nicht weiter, sondern bugsierte Happy wieder in die Kiste.

Das heißt, das wollte ich eigentlich. Aber dieser Hund ist durchaus kompromißbereit. Er gibt sich mit einer Runde um den Stausee zufrieden und verzichtet, da ich nur ein armer Bankmensch bin, auf seine Steaks – ergänzt seine Nahrungszufuhr allerdings durch ausgewählte Teppiche, Tischbeine und Schuhe...

Die Wagstaff-Perlen

Das Telefon läutete um Mitternacht. »Mr. Wickwire?« sagte eine Frau.
Ich hatte tief geschlafen und war nur halb wach. »Ja?«
»Hier spricht Frances Dune«, rief sie in den schrillen Tönen höchster Erregung. »Entschuldigen Sie, daß ich um diese Zeit anrufe . . . ich konnte nicht schlafen! Ich kann nicht warten. Ich muß es Ihnen sagen. Mein Gewissen . . .« Sie holte röchelnd Atem. »Es geht um die Wagstaff-Perlen!« Es folgten ein Knall und ein Klappern, als wäre das Telefon hinuntergefallen, dann ein dumpfes Poltern und gleich darauf ein Schrei. Es war ein furchtbarer Schrei, der sich so anhörte, als entfernte er sich immer weiter, und allmählich verklang. Dann war es still.
Ich drückte den Hörer an mein Ohr. Frances Dune war meine Sekretärin, und die Wagstaff-Perlen waren meiner Obhut anvertraut. Ich spürte, daß etwas Schlimmes geschehen war, und der Schrei weckte böse Ahnungen in mir. Plötzlich hörte ich keuchendes Atmen am Telefon, und jemand begann zu wählen.
»Miss Dune!« rief ich. »Was ist los, Miss Dune?«
Das Klicken der Wählscheibe hörte auf. »Polizei! Polizei!« japste eine Frau, deren Stimme ich nicht kannte.
»Hier ist nicht die Polizei. Was ist denn passiert?«
»Oh, Mr. Wickwire. Ich wußte nicht, daß Sie noch am Apparat waren. Frances Dune – sie, ich hab versucht, sie zurückzuhalten – ich konnte nicht!«

Die Stimme der Frau klang hysterisch. »Wer spricht da überhaupt?« fragte ich scharf.
»Ich bin's! Ich meine, ich, Muriel Evans. Ich arbeite bei der Bank. Mr. Wickwire, sie hat sich umgebracht!«
Der grausige Schrei klang mir wieder in den Ohren. »Wo sind Sie?« fragte ich hastig.
»In ihrer Wohnung. Ich bin in ihrer Wohnung.«
»Geben Sie mir die Adresse.«
Sie gab sie mir an, mit zitternder Stimme, aber klar.
»Rufen Sie die Polizei. Ich komme sofort. Lassen Sie sonst keinen Menschen in die Wohnung. Rufen Sie – Augenblick mal! Wie hat sie sich umgebracht? Ist sie wirklich tot?«
Miss Evans schien Schwierigkeiten zu haben, die grausame Wahrheit auszusprechen. »Sie – ist aus dem Fenster gesprungen. Aus dem achten Stock –«
So entsetzlich es war, ein Arzt war da nicht mehr nötig. Noch einmal legte ich Miss Evans ans Herz, sofort die Polizei anzurufen, und ich versprach ihr, unverzüglich zu kommen.
Eine Viertelstunde später saß ich in einem Taxi, das die Park Avenue hinunterbrauste. Ich glaubte, nur allzu sicher zu wissen, was geschehen war. Solche Dinge kommen in einer Bank immer wieder einmal vor, wenn auch zum Glück selten. Der Schalterangestellte, dem alle vertraut haben, verschwindet mit einem Sack voll Bargeld; der zuverlässige Kassierer räumt das Wertpapierdepot aus. Diesmal hatte meine vorbildliche Sekretärin die Wagstaff-Perlen gestohlen.
Mein Name ist James Wickwire. Ich bin Junggeselle, schon etwas betagt, Vizepräsident an einer großen Bank. Die Wagstaff-Perlen waren seit dem Tod Mrs. Wagstaffs vor zwölf Jahren in meiner Obhut. Ihr Vermögen, das an Minderjährige gefallen war, wurde von mehreren Treuhändern verwaltet. Ich war einer von ih-

nen und hatte aus praktischen Gründen Generalvollmacht über den Nachlaß. Ich mußte den anderen Treuhändern genauestens Rechenschaft ablegen, aber ich konnte jederzeit den Safe in unserem Tresorraum öffnen, in dem Papiere und Wertsachen aus dem Nachlaß deponiert waren. In einem der Fächer des Safes lagen, in einem flachen Kästchen, das mit blauem Samt gefüttert war, die Wagstaff-Perlen in ihrer ganzen vergeudeten Schönheit. Mir waren sie eine rechte Last, denn zweimal im Jahr mußten sie aus dem Tresor geholt und einen ganzen Tag getragen werden.

Banken übernehmen für geschätzte alte Kunden viele ausgefallene Aufgaben, und dies war so eine. Zweimal im Jahr wurde eine unserer Angestellten in den Tresorraum hinuntergeschickt, die Juwelen wurden ihr dann um den Hals gelegt (sie mußten, das war eine von Mrs. Wagstaffs Bedingungen, auf der Haut getragen werden), und dann saß sie den ganzen Tag dort unten und vertrieb sich irgendwie die Zeit. Bei Geschäftsschluß wanderten die Perlen wieder in ihr Kästchen, und das Kästchen für weitere sechs Monate in den Safe. Ich hatte nie feststellen können, daß ihr Glanz dank diesem Manöver auch nur die Spur lebendiger geworden war, aber Mrs. Wagstaff war fest von seiner Wirkung überzeugt gewesen. Sie hatte die Betreuung der Perlen mir persönlich ans Herz gelegt.

Es war eine unangenehm kalte Nacht; das Rot und Grün der Verkehrslichter spiegelte sich im nassen Asphalt der Straßen. Während ich in die Dunkelheit starrte, konnte ich Mrs. Wagstaff beinahe so klar vor mir sehen wie damals, bei unserem letzten Gespräch. Ich sah das luxuriöse Schlafzimmer, das elegante Bett, in dem sie aufrecht in den Kissen saß und in ihren blaugeäderten, schmalen Händen die Perlen hielt.

»Sie müssen getragen werden, wissen Sie«, erklärte sie

mir. »Sonst verlieren sie ihren Glanz. Sie müssen von einer Frau getragen werden, und, Jim –« Sie war eine der wenigen Frauen, die mich Jim nannten. Mit einer Hand berührte sie drängend meinen Arm. »Eines der jungen Mädchen, die bei Ihnen in der Bank arbeiten, kann das doch übernehmen. Ich bin wirklich froh, daß Sie so hübsche Mitarbeiterinnen haben.«
Ein hübsches Gesicht zählt nun nicht gerade zu den Qualifikationen, die bei einer Bankangestellten wichtig sind. Mrs. Wagstaff bemerkte anscheinend meine Verblüffung, denn sie lächelte.
»Perlen gehören zu schönen Frauen. Ich war – so sagte man jedenfalls – früher einmal schön«, fuhr sie mit einem Augenzwinkern fort, und ein Abglanz früherer Schönheit leuchtete auf und ergriff mich. »Mein Mann sagte immer, daß nur schöne Frauen Perlen wirklich lieben. Schönheit muß sich mit Schönheit paaren.« Sie lachte, aber ein wenig wehmütig. »Es war wahrscheinlich nicht sein Ernst, aber er behauptete, daß manche schöne Frauen darum vor nichts zurückschrecken, um einen Schmuck, um Perlen wie diese in ihren Besitz zu bringen...« Sie seufzte. Eine Pflegerin eilte an ihr Bett. Ich küßte ihre schmale Hand, bevor ich ging, aber ich weiß gar nicht, warum.
Es war mein letztes Gespräch mit Mrs. Wagstaff gewesen. Ich sorgte dafür, daß ihre Wünsche bezüglich der Perlen berücksichtigt wurden; das heißt, daß sie regelmäßig getragen wurden. Von ihrer Theorie über die Zusammengehörigkeit von Schönheit und Perlen hielt ich nichts; die hielt ich für Gefühlsduselei. Ich konnte schließlich in der Bank keine Schönheitswettbewerbe veranstalten.
An diesem besonderen Tag hatte Frances Dune die Perlen getragen. Auch das hatte ich persönlich veranlaßt. Ich hatte von Mittag bis weit nach Geschäfts-

schluß außerhalb zu tun gehabt. Miss Dune, die am Morgen meinen Terminkalender durchsah, hatte mich an die Perlen erinnert, und ich hatte sie angewiesen, sie an diesem Tag zu tragen, da ich ihrer Dienste nicht bedurfte. Miss Dune war seit beinahe zehn Jahren meine Sekretärin. Sie war eine große, völlig reizlose Frau von etwa vierzig Jahren, sehr ordentlich, in mancher Hinsicht pingelig und pedantisch, aber tüchtig. Ich hatte ihr vertraut.
Dennoch wußte ich sofort, als ich ihre vor Erregung zitternde Stimme am Telefon hörte, was geschehen war. Ich hatte es ihr überlassen, die Perlen Mr. Wazey, dem für den Tresorraum zuständigen Abteilungsleiter, zurückzugeben; ich hatte meine Vollmacht so weit überschritten, daß ich ihm meinen Schlüssel ausgehändigt hatte, ohne den er den Safe nicht hätte öffnen können. Es war klar, daß Mr. Wazey das Kästchen entgegengenommen und wieder in den Safe eingeschlossen hatte, ohne einen Blick hineinzuwerfen. Die Perlen aber hatte Miss Dune mitgenommen.
In der Nacht hatte sie von Reue gepackt bei mir angerufen, um den Diebstahl zu gestehen, und hatte sich dann aus Angst vor den Konsequenzen das Leben genommen. Es war tragisch und erschütternd: Diese reizlose, rechtschaffene Frau von der Schönheit einer Perlenschnur ins Unglück getrieben.
Und schön waren sie, diese Perlen, ganz ohne Frage. Aber die Zeiten hatten sich geändert. Als Mr. Wagstaff seiner jungen Frau damals die Perlen geschenkt hatte, hatte er fast eine halbe Million für sie bezahlt; das wußte ich. Und ich wußte auch, daß ihr Wert mittlerweile weit gesunken war. Das große Angebot an Zuchtperlen, die genauso makellos sind, hat den Preis gewaltig gedrückt.
Als wir vor dem Apartmenthaus unweit des Flusses

anhielten, war schon die ganze Straße erleuchtet. Polizeifahrzeuge und ein Krankenwagen waren bereits eingetroffen, und überall in den erleuchteten Fenstern des Hauses waren neugierige Gesichter zu sehen.
Ein Lieutenant – ein großer, strammer Bursche, der recht blaß und mitgenommen wirkte – bat mich, die Tote zu identifizieren, und das tat ich. Die Nacht schien mir bitter kalt; mein grauer Mantel reichte nicht aus, mich vor der Kälte zu schützen, die mir bis ins Innerste drang. Dann fuhr der Krankenwagen näher, und ich fuhr mit dem Lieutenant zu Miss Dunes Wohnung im achten Stockwerk hinauf.
Es war ein Einzimmer-Apartment mit einer kleinen Kochnische. Es war so ordentlich und schlicht wie Miss Dune selbst.
In einem Sessel saß eine junge Frau. Sie stand auf, als wir eintraten. Sie war mir nur flüchtig bekannt; sie arbeitete in der Buchhaltung, und ich sah sie selten.
»Ich bin Muriel Evans, Mr. Wickwire«, sagte sie leise. Sie war schlank und trug ein einfaches graues Kleid; über der Lehne des Sessels lag ein kirschroter Mantel. Sie hatte geschminkte Lippen und rotlackierte Fingernägel, eine Aufmachung, die ich in der Bank nicht mag. Aber wie sich die jungen Damen außerhalb der Dienstzeiten aufdonnerten, ging mich natürlich nichts an. Sie war jedoch ruhig und sehr beherrscht in dieser schrecklichen Situation.
Ich nickte. »Das ist die junge Dame, die den Unfall gemeldet hat«, sagte ich zu dem Lieutenant. Mir war immer noch kalt und ziemlich flau.
Er nahm seine Mütze ab. »Ich brauche Ihre Aussage, Miss«, sagte er. »Mir ist klar, daß das ein Schock für Sie war, aber –« Sie tat ihm leid; ich sah es ihm an.
Während sie sprach, sah ich mich im Zimmer um. Sie hatte den Telefonhörer aufgelegt. Ein Stuhl war umge-

kippt; das war wohl die Erklärung für das Poltern, das ich gehört hatte. Das Fenster, ein hohes Fenster, das allzuweit herunterreichte, war noch offen.
»Miss Dune rief mich gegen elf an«, berichtete Miss Evans. »Ich wohne gleich hier in der Nähe, zwei Straßen weiter. Sie sagte, sie könne nicht schlafen. Sie war sehr nervös und bat mich, zu ihr zu kommen. Ich kannte sie nicht sehr gut, aber sie hatte eine wichtige Stellung bei der Bank, wissen Sie. Sie war Mr. Wickwires Sekretärin. Da bin ich natürlich zu ihr gegangen, und sie sagte, sie habe die Wagstaff-Perlen gestohlen. Sie waren im Tresor und –«
»Ich erkläre Ihnen das«, sagte ich zu dem jungen Lieutenant und tat es in aller Kürze.
Der Lieutenant sagte: »Gut, Miss Evans. Was für einen Eindruck machte Miss Dune auf Sie? Wirkte sie hysterisch?«
»Ja. O ja! Ich glaubte ihr nicht. Sie sagte, sie müsse mit jemandem sprechen – es schien alles ganz von selbst aus ihr herauszukommen, fast gegen ihren Willen. Und sie weinte und – also, ich konnte es einfach nicht glauben. Ich dachte, sie wäre vielleicht krank, irgend etwas mit den Nerven oder so. Kurz und gut, ich ging dann in die Küche, um ihr einen Kaffee zu machen. Ich wußte nicht, was ich tun sollte. Während ich drüben war, hörte ich, daß sie telefonierte – sie rief Mr. Wickwire an. Ich hörte, wie sie anfing, ihm zu sagen, was sie getan hatte. Aber dann ließ sie plötzlich den Hörer fallen, als könne sie nicht weiter. Ich rannte aus der Küche und – und sie stieg aufs Fensterbrett. Ich wollte sie festhalten und – ich weiß nicht, was ich getan habe. Aber ich konnte sie nicht mehr halten –« Sie schlug die Hände vor das Gesicht.
Der Lieutenant legte ihr tröstend die Hand auf die Schulter. »Ja, das war schlimm. Beruhigen Sie sich . . .«

Ich fragte: »Wo sind die Perlen?«
Muriel Evans hob mit einem Ruck den Kopf. Sie hatte hellbraunes Haar, das in der Mitte gescheitelt und im Nacken geknotet war. Es war ganz feines, weiches Haar, das ihrem Gesicht mit den großen blauen Augen etwas Madonnenhaftes gab. Trotz ihrer Blässe und offenkundigen Verzweiflung fiel mir auf, daß sie sehr hübsch war.
»Ich weiß es nicht«, sagte sie. »Sie wollte sie mir nicht zeigen. Das ist ja einer der Gründe, warum ich ihr nicht glaubte.«
»Wir werden sie finden«, erklärte der Lieutenant. »Entweder die Perlen oder einen Pfandschein.«
Ich ging zum Telefon. »Kann ich den Apparat benützen?«
Er zögerte. »Nun ja, Mr. Wickwire, es ist zwar Selbstmord, aber die Fingerabdrücke muß ich auf jeden Fall sichern lassen. Auch was sonst vielleicht an Spuren da ist. Würde es Ihnen etwas ausmachen, ein anderes Telefon zu benützen?«
Muriel Evans' blaue Augen wurden plötzlich sehr dunkel. »Aber es war doch Selbstmord. Ich habe selbst gesehen –«
»Natürlich«, sagte der Lieutenant rasch. »Sie brauchen keine Angst zu haben, Miss. Mord steht hier nicht zur Debatte. Außer, wenn Sie sie ermordet hätten –«
»O Gott!« stieß Muriel Evans erschreckt hervor.
Er tätschelte ihr die Schultern. »Wenn Sie sie ermordet hätten, wären Sie wie der Teufel – ich meine, dann hätten Sie sich aus dem Staub gemacht. Es wußte doch niemand, daß Sie hier bei ihr waren, nicht wahr?«
Sie schüttelte langsam den Kopf und sagte flüsternd nein.

»Na also! Sie hätten sich aus dem Staub gemacht. Sie hätten nicht die Polizei angerufen. Die Perlen werden wir schon finden...«
Ein Sergeant und ein zweiter Beamter kamen aus dem Treppenhaus herein, als ich hinausging. Ich fuhr mit dem Aufzug ins Erdgeschoß hinunter und benutzte das Telefon in der Telefonzentrale im Foyer, um Mr. Wazey zu mobilisieren. Der junge Mann starrte mich mit großen Augen an.
»Das ist wirklich furchtbar«, sagte er. »Miss Dune war ganz schön aufgeregt, als sie die Dame im roten Mantel anrief. Aber ich hätte nie gedacht...«
Ich bat ihn, mir ein Taxi zu holen.
Mr. Wazey erwartete mich vor der Bank. Wir gingen in den Tresorraum und holten das flache, mit blauem Samt gefütterte Kästchen aus dem Safe. Es lagen Perlen darin, aber es waren nicht die Wagstaff-Perlen. Es waren überhaupt keine echten Perlen, sondern glanzlose, wächsern wirkende Imitationen. Das bewies, daß der Diebstahl geplant gewesen war. Und ein sorgsam geplanter Diebstahl ist etwas ganz anderes als ein Diebstahl im Affekt.
»Ich habe sie mir angesehen«, erklärte Mr. Wazey, dessen rundes Gesicht sehr bleich war. »Ehe ich das Kästchen wieder in den Safe sperrte, habe ich hineingesehen. Aber mir ist nichts aufgefallen – ich verstehe nichts von Perlen. Außerdem war es ja Miss Dune.«
Sie hatte nie vorher die Weisung erhalten, die Perlen zu tragen. Ich war mir dessen ziemlich sicher, aber vorsichtshalber sahen wir uns die Liste an, die Mr. Wazey gewissenhaft führte. Ich konnte mich nicht erinnern, wann ich selbst mir die Perlen das letzte Mal angesehen hatte, darum nahm ich es besonders genau und ging die ganze Liste durch. Einige der Frauen, deren Namen erschienen, hatten natürlich inzwischen gehei-

ratet oder die Stellung gewechselt, und viele Frauen hatten die Perlen zwei- oder sogar dreimal getragen; aber praktisch jede Angestellte hatte sie irgendwann einmal getragen. Miss Busch dreimal; Miss Smith zweimal; Miss Evans (Muriel Evans, die junge Frau in Miss Dunes Wohnung) zweimal; Miss Williams dreimal. Miss Dune hatte sie nur einmal getragen. Aber sie hatte den Wert der Perlen natürlich aus meiner Wagstaff-Akte gekannt und hatte nur auf eine Gelegenheit gewartet. Sie hatte mich an das Datum erinnert und sich die Gelegenheit geschaffen. Niedergeschlagen fuhr ich durch die trostlose regnerische Nacht zu Miss Dunes Wohnung zurück.
Ich war kaum eine Stunde weggewesen, aber man hatte die Wohnung in dieser Zeit so gründlich durchsucht, daß es aussah, als wäre ein Wirbelwind durch sie hindurchgefegt. Muriel Evans saß immer noch in demselben Sessel. Sie war blaß, und die zarte Haut ihres Gesichts erinnerte mich an das Blütenblatt einer Magnolie.
Der Lieutenant hatte seine blaue Uniformjacke aufgeknöpft und wischte sich die Stirn. »Hier sind sie nicht, Mr. Wickwire«, erklärte er entmutigt. »Kein Pfandschein, nichts. Wir haben überall gesucht.«
Ich bin nie ein Mensch gewesen, der sich vor seinen Pflichten drückt, und seien sie noch so unangenehm. Durch das Tohuwabohu von Kissen, Büchern und Kleiderhaufen ging ich zum Fenster und sah hinunter – so tief hinunter, daß mir wieder ganz elend und schwach wurde. Die arme Miss Dune, die mit ihrem Leben für die Perlen bezahlt hatte, die meiner Obhut anvertraut worden waren. Wieder sah ich die reizende alte Dame vor mir, die immer noch schöne Frau, die mir die Perlen übergeben hatte. Beinahe konnte ich ihr Lächeln sehen und ihre Stimme hören.

Lange, wie mir schien, stand ich an dem Fenster; tatsächlich waren es wahrscheinlich nur mehrere Sekunden, in denen ich beschloß, den einzigen Kurs einzuschlagen, der meiner Meinung nach möglich war. Ich drehte mich nach dem Lieutenant um. »Ist es Ihnen recht, wenn ich jetzt gehe?«
Der Lieutenant nickte. »Ich melde mich bei Ihnen. Wir fangen jetzt mit den Pfandhäusern und Juwelieren an. Wir bringen Ihnen die Perlen wieder.«
Ich dankte ihm und sagte zu Muriel Evans: »Würde es Ihnen etwas ausmachen, mich zu begleiten? Ich muß über diese Sache einen umfassenden Bericht diktieren.«
Das Licht fiel auf ihr magnolienweißes Gesicht; es brachte die feine Kontur ihrer Schläfe zu Geltung, den sanften Schatten ihrer Wimpern auf der Wange, den weichen Schwung der Lippen. Sie nickte und nahm ihren Mantel. Der Lieutenant sprang eilig herbei, um ihr hineinzuhelfen, und sie dankte ihm mit einem Lächeln. Während sie zum Aufzug vorausging, blieb ich zurück, um noch mit dem Lieutenant zu sprechen. Ich hatte einige Fragen wegen der Beerdigung, gab ein, zwei knappe Anweisungen und gesellte mich dann zu Muriel Evans, als der Aufzug kam.
Wir bekamen sofort ein Taxi. Auf der Fahrt sprachen wir beide nicht. Als wir mein Haus erreicht hatten, zog ich den Schlüssel heraus. »Mein Diener ist im Urlaub«, bemerkte ich, während wir ins Foyer traten. »Ich mache mir jetzt einen Whisky mit Soda. Möchten Sie nicht auch etwas trinken?«
Sie lehnte ab. Ich stellte ihr eine Frage, die mir im Taxi eingefallen war. »Sie wissen es vielleicht. Hatte Miss Dune einen Freund?«
Sie sah mich ruhig an und verstand sofort. »Der Gedanke ist mir auch schon durch den Kopf gegangen.

Sie meinen, es könnte ein anderer diese Sache geplant und sie dazu verleitet haben, die Perlen an sich zu nehmen? Ja, ein-, zweimal habe ich sie mit einem Mann gesehen. Ich weiß nicht, ob ich ihn wiedererkennen würde; vielleicht. Aber ich bin überzeugt, sie hätte die Perlen niemals genommen, wenn sie nicht dazu gedrängt worden wäre. Ja, ein Mann, jünger vielleicht – aber es ist grausam, so etwas zu denken.«
Mein Arbeitszimmer ist rechts vom Foyer. Ich führte sie hinein und bat sie, Platz zu nehmen. Ein Tablett mit Karaffe und Gläsern stand auf meinem Schreibtisch. Ich machte mir einen ziemlich steifen Whisky Soda, zog dann eine Schublade meines Schreibtischs auf und nahm meinen Revolver heraus.
»Was –« Miss Evans fuhr in die Höhe.
Ich nahm die Schachtel mit den Patronen heraus und lud den Revolver. »Mir ist der Gedanke, daß da ein Mann die Hand im Spiel haben könnte, nicht geheuer. Er wird inzwischen wissen, was geschehen ist. Vielleicht ist er gefährlich.«
Ich legte die geladene Waffe auf den Tisch und ging durch das Foyer zur Haustür. Ich öffnete sie. Die Straße war menschenleer. Ich kehrte ins Arbeitszimmer zurück und schloß die Tür. Es war sehr still im Haus.
Ich nahm mein Glas und trat ans Fenster. Die Vorhänge waren nicht geschlossen. Das Zimmer hinter mir spiegelte sich in den dunklen Scheiben. Ich trank einen tiefen Zug, dann sagte ich: »Wo sind die Perlen?«
Die Gestalt im kirschroten Mantel erstarrte.
Ich sagte: »Sie haben die Perlen zweimal getragen; einmal vor sechs Monaten, und einmal vor anderthalb Jahren. Bei einer dieser Gelegenheiten haben Sie sie gegen die Kunstperlen ausgetauscht. Bis heute merkte

niemand den Unterschied. Aber Miss Dune erkannte, daß das nicht die Wagstaff-Perlen waren, die in dem Kästchen lagen; sie hat daraufhin wahrscheinlich gleich selbst in der Liste nachgesehen. Sie bat Sie heute zu sich, um Ihnen zu sagen, daß Sie die Perlen zurückgeben müssen, und Sie ...«
Sie hob den Kopf. »Ich habe den Selbstmord gemeldet. Das hätte ich nicht getan, wenn ...«
»Sie mußten ihn melden. Der Junge unten in der Telefonzentrale wußte, daß Sie da waren.«
Ich hörte ein metallisches Klicken. Ich drehte mich herum. Sie stand neben dem Tisch. Sie war sehr schön. Aber sie hielt meinen Revolver in der Hand, und er war auf mich gerichtet.
Ich bin kein mutiger Mensch und erkannte schlagartig, daß ich auch nicht sehr schlau war. »Das können Sie nicht tun.«
»Ich muß!« erwiderte sie. Ihre Stimme war weich und melodiös, ihr Gesicht schön wie ein Stern, aber nicht so voll glücklicher Verheißung. »Die Perlen sind in meiner Wohnung. Ich wollte sie verstecken, aber dazu bleibt mir nun keine Zeit. Sie würden die Polizei unterrichten. Für diese Perlen haben Sie die Verantwortung, und jeder weiß, wie ernst Sie Ihre Pflichten nehmen ... man wird es ebenfalls für Selbstmord halten.«
Sie legte den Finger an den Abzug.
Ich hatte niemanden durch die Haustür hereinkommen hören, die ich extra aufgesperrt hatte. Doch plötzlich flog die Tür zum Arbeitszimmer weit auf, und ein Schwarm von Polizeibeamten stürmte herein. Der Revolver krachte, aber die Kugel schlug in die Zimmerdecke ein.
»War ja klar, daß sie auf den Gedanken, daß ein Mann die Perlen an sich gebracht haben könnte, anspringen würde. Und Sie brauchten einen Vorwand für den Re-

volver. Das war gute Arbeit, Sir«, sagte der Lieutenant einige Zeit später.
»Ich hatte ja keine Fakten«, erwiderte ich verdrossen. »Und ohne konkrete Fakten konnte ich keine Beschuldigung vorbringen. Aber ich dachte mir, wenn sie wirklich schuldig sei, wenn ich sie beschuldigte und ihr Gelegenheit gäbe, an den Revolver heranzukommen, dann würde sie vielleicht versuchen, auch mich zu beseitigen. Danke, daß Sie so bereitwillig mitgespielt haben, Lieutenant.«
Er betrachtete mich mit einem gewissen Respekt. »Sie sind ein echter Detektiv, Mr. Wickwire.«
»Nein. Der Detektiv in diesem Fall war – ach, das spielt keine Rolle.« Er hätte es nicht verstanden, dachte ich. Der Detektiv – oder besser – die Detektivin war eine Frau, die einmal sehr schön gewesen war und lächelnd zu mir gesagt hatte: »Schönheit muß sich mit Schönheit paaren ... Darum ist manche schöne Frau bereit, für ein Schmuckstück alles zu tun.«
Aber vielleicht hatte er doch verstanden, denn er sagte eine Spur wehmütig: »Toll, wie das Mädchen gebaut ist! Eine echte Schönheit, finden Sie nicht? Am Anfang hat man's nicht gleich gesehen. Aber mit der Zeit – Mann-o-Mann, ich könnt mir vorstellen, daß die schöne Helena so ausgesehen hat.« Er schwieg einen Moment nachdenklich. »Vielleicht wollte sie deshalb die Perlen unbedingt haben ...« Er warf mir einen Blick zu, murmelte »Na, solang ich nicht im Dienst bin« und hob sein Glas.
Ich tat es ihm nach, doch ich dachte an eine andere sehr schöne Frau.

Die gefährlichen Witwen

Eine meiner Witwen rief mich am Freitag um ein Uhr an, die andere am selben Tag um drei; beide wollten mich unbedingt zum Wochenende in ihr Landhaus einladen.
Aber es waren keine Einladungen aus reiner Freundschaft; sie sagten beide ganz offen, daß sie meinen Rat brauchten. Tatsächlich war es eine Einladung zu Mord. Keine der beiden Frauen war im eigentlichen Sinn meine Witwe. Sie waren vielmehr beide Henry Briggs' Witwen. Aber es war damit zu rechnen, daß sie bald meine Kundinnen werden würden. Ich bin nämlich Bankfachmann und meinem höheren Alter entsprechend mit der recht schwierigen Aufgabe betraut, zu beraten, zu erläutern, zu überzeugen, kurz, das Kindermädchen für Witwen zu spielen, die eine merkwürdige Neigung zeigen, ihr Geld in imaginäre Uranvorkommen und trockene Ölquellen zu stecken.
Beide Damen Briggs waren Henrys Ehefrauen gewesen; die eine, Frances, war seine Verflossene und hatte nach der Scheidung nicht wieder geheiratet. Die andere, Eloise, war seine zweite Ehefrau und war es bis zu seinem Tod geblieben. Henry Briggs war ein alter Kunde von mir gewesen. Beide Damen bezogen sich auf ein und dasselbe Landhaus, das nämlich, das er ihnen in seinem Testament gemeinsam vermacht hatte.
Da konnte sich also eine recht heikle Situation entwickeln. Ich nahm den Zug um 17 Uhr 30 nach Stamford.

Henry Briggs war lange Jahre Kunde unserer Bank gewesen, und ich hatte besonders während seiner langen Krankheit viel mit seinen Angelegenheiten zu tun gehabt. Doch von den beiden Mrs. Briggs hatte ich noch keine kennengelernt.
Ich kann nicht behaupten, daß mich die Aussicht auf diese erste Begegnung lockte. Ich hasse Streit und Temperamentsausbrüche, aber es war leider damit zu rechnen, daß mir beides blühte. Als ich aus dem Zug stieg und den Bahnsteig hinauf- und hinunterblickte, fragte ich mich, welche von beiden mich wohl abholen würde, um so ihre Forderungen als erste an den Mann zu bringen.
Es kam keine von beiden, sondern ein korpulenter, rotgesichtiger Mann in demonstrativ lässig ländlicher Aufmachung. »Mr. Wickwire?« fragte er dröhnend jovial.
Ich nickte. Er reichte mir seine große rote Hand, das Gesicht ganz gutmütige Freundlichkeit. Doch die blauen Augen blickten scharf und kalt. »Ich bin Al Muller, ein Freund von Henry. Der Kombi steht da drüben.«
Ich folgte ihm.
Er verstaute meine Tasche im Wagen und zwängte sich keuchend hinter das Steuerrad. »Ich bin zu Besuch hier. Ich dachte, ich könnte den Damen vielleicht behilflich sein.«
Er wendete mitten im Verkehrsgewühl.
»Ah ja«, sagte ich.
Er warf mir einen scharfen Blick zu. »Ja. Frances – das ist die erste Frau – kam Donnerstag abend mit dem Zug. Die Beerdigung hatte, wie Sie sich erinnern, am Nachmittag stattgefunden. Eloise – seine zweite Frau – war natürlich hier.«
Ich fragte ziemlich trocken wohl: »Und wann sind Sie angekommen, Mr. Muller?«

Er ließ einen Moment verstreichen, um sich mit Bedacht ein Verkehrsschild anzusehen. »Oh – ich bin auch Donnerstag abend gekommen, aber erst später. Ich fand, das wäre ich Henry schuldig. Bißchen merkwürdig die Situation unter den Umständen. Kennen Sie die Damen eigentlich?«
Irgend etwas an ihm ging mir gegen den Strich. Ich versetzte förmlich, ich hätte noch nicht das Vergnügen gehabt.
Er lachte glucksend. »Sie gleichen sich wie ein Ei dem anderen. Das wird noch Kämpfe geben, glauben Sie mir. Sie sind beide nicht von dem Typ, der gleich das Handtuch wirft. Ich beneide Sie nicht, Mr. Wickwire.«
»Ich habe in dieser Sache nichts zu entscheiden. Das überlasse ich den Anwälten.« Ich sprach mit solcher Frostigkeit, daß sie selbst Mr. Mullers dickes Fell durchdrang. Den Rest der Fahrt über die gewundenen Landstraßen schwiegen wir beide.
Haus und Grundstück erwiesen sich als durchaus luxuriös; samtige Rasenflächen, ein Schwimmbecken, Tennisplätze und ein großer Park. Es war, wie ich wußte, Henry Briggs' gesamtes Vermögen. Er hatte ein recht hohes Einkommen gehabt, hatte aber auf entsprechend großem Fuß gelebt. Ich hatte schon mal grob überschlagen, was der Besitz einbringen würde, und war gerade dabei, mögliche Kapitalgewinne und Steuern abzuziehen, als wir vor dem Portal mit den weißen Säulen anhielten.
Die beiden Damen erwarteten uns, kamen mir gleichzeitig entgegen, um mich zu begrüßen, als ich aus dem Wagen stieg. In einer Hinsicht zumindest hatte Mr. Muller die Wahrheit gesagt: Trotz eines Altersunterschieds von schätzungsweise fünfzehn Jahren bestand eine frappante Ähnlichkeit zwischen ihnen.

Beide waren sie schlank, zierlich, blond und sehr attraktiv.
Die Jüngere, Eloise, sprach mich zuerst an und bot mir die juwelenfunkelnde Hand. Sie machte mich mit der anderen Mrs. Briggs bekannt, während Mr. Muller mit einem ziemlich dümmlichen Grinsen, dafür aber um so wachsamerem Blick dabeistand. Wir gingen sofort ins Haus.
Ein Dienstmädchen brachte meine Reisetasche nach oben. Im großzügigen Wohnzimmer warteten Cocktails. Es war ein beeindruckender Raum mit vielen sogenannten *objets d'art* und, alles dominierend, einem riesigen Porträt Henry Briggs', das ihn als jungen Mann zeigte und wohl um die zwanzig Jahre vor seinem Tod gemalt worden war.
Eloise, der die Rolle der Gastgeberin zukam, sorgte dafür, daß ich es mir bequem machte, und sie erkundigte sich, welchen Cocktail ich bevorzugte. Im weichen Licht der Tischlampen verlor sich die Ähnlichkeit zwischen den beiden Frauen. Sie verkörperten lediglich den gleichen Typ, mehr nicht.
Frances, die erste Mrs. Briggs, war schmäler und zierlicher als Eloise, hatte dunkleres Haar und durchdringende blaue Augen. Sie trug ein einfaches weißes Baumwollkleid, das gewiß nicht teuer gewesen war, und außer ihrem Ehering keinen Schmuck.
Eloise war fast eine Schönheit mit ihrer zarten, elfenbeinhellen Haut, dem schwellenden roten Mund und dem wohlgerundeten Körper. Auch ihr Kleid war einfach, doch selbst ich alter Junggeselle erkannte, daß diese Einfachheit sündteuer gewesen sein mußte. An ihrem Handgelenk sprühten Brillanten.
Sie war es, die, wiederum in ihrer Rolle als Dame des Hauses und im Einverständnis mit Frances, den Vorschlag machte, unsere geschäftlichen Besprechungen

auf den folgenden Morgen zu vertagen. Ich erklärte mich vorbehaltlos damit einverstanden. Al Muller nahm sich einen frischen Drink, was die beiden Damen mit kühlem Blick vermerkten. Dann rief das Mädchen, das mir meine Reisetasche abgenommen hatte, zum Abendessen.
Abgesehen davon, daß Al Muller sich auf eine gutmütig spottende Art ausgesprochen gesprächig zeigte, war es ein ruhiges, ganz den gesellschaftlichen Formen entsprechendes Abendessen. Es fiel kein falsches Wort, es gab keine Geste, die Unstimmigkeiten zwischen den beiden Mrs. Briggs verraten hätte. Kurz, sie benahmen sich wie perfekte Damen.
Der Abend endete früh. Eloise brachte mich zu meinem Zimmer. »Ich hoffe, es macht Ihnen nichts aus, zum Frühstück herunterzukommen«, sagte sie. »Das Mädchen wohnt im Dorf und geht abends nach Hause.«
Ich versicherte ihr, daß es mir nichts ausmachte. »Ach, übrigens, Mrs. Briggs, aus welchem Grund haben Sie mich eigentlich hergebeten?«
Sie zögerte einen Moment. Dann trat sie auf mich zu und lächelte einladend. »Weil ich Ihre Hilfe brauche«, sagte sie und legte mir beide Hände auf den Arm.
Ein Hauch von Parfum umgab sie, ihre Augen schillerten verführerisch. Ich wich ein wenig zurück. »Meine ganze Hilfe kann leider nur in dem Rat bestehen, die Nachlaßregelung in die Hände Ihres Anwalts zu legen.«
Sie nahm prompt ihre Hände von meinem Arm. Einen Moment lang musterte sie mich, dann sagte sie: »Natürlich. Gute Nacht, Mr. Wickwire.«
Es war alles sehr gedämpft und sehr höflich. Aber irgend etwas stimmte nicht in dem Haus. Ich wartete, bis alles ruhig war, dann ging ich leise wieder hinunter

und zur Tür hinaus. Ich nahm den Weg zum Dorf. Die Nacht war dunkel unter schnell dahintreibenden Wolken.
Im Dorf brannten noch Lichter, und im Drugstore gab es ein Münztelefon.
Als Bankfachmann kennt man gewisse Schliche, die einen auf dem kürzesten Weg zu gewünschten Informationen führen. Dennoch dauerte es, da es schon recht spät war, seine Zeit, ehe ich erreicht hatte, was ich wollte.
Es war in einer Hinsicht ein Glück, daß der junge Mann an der Theke mich die ganze Zeit sehr interessiert beobachtete. Ich kaufte ihm mehrere Zeitschriften und ein Eis ab. Gerade als er sagte, daß er in zehn Minuten dichtmachen müsse, kam mein Gespräch mit New York durch.
Er schaltete die Lichter aus, sobald ich aus dem Laden getreten war. Tief in Gedanken versunken machte ich mich auf den Rückweg und war erstaunt, als ich viel eher als gedacht vor dem Tor anlangte.
Hier erwartete mich eine Überraschung anderer Art. Das ganze Haus war hell erleuchtet. Dann hörte ich Motorengeräusche und konnte gerade noch zur Seite springen, als der erste Wagen um die Kurve bog und die Auffahrt hinaufbrauste. Weitere Autos und Motorräder folgten. Bis ich über den Rasen zum Haus gelaufen war, drängten bereits die gesamte Polizeitruppe des Dorfes und auch Beamte der *State Troopers* ins Haus, in dem Al Muller, von einem Revolverschuß niedergestreckt, auf dem Teppich unter Henrys Riesenporträt lag.
Ich bahnte mir, an Eloise und Frances vorbei, die bleich und verschreckt im Foyer standen, einen Weg dorthin. Al Muller lag da wie ein gefällter Baum. Die Beine waren weit gespreizt, das lässige Sportsakko war unter

seinem dicken Körper zusammengeschoben. Bei seiner Hand lag ein Revolver.
Es wurde schon Tag, als die letzten Polizeibeamten endlich gingen. Die beiden Damen Briggs schleppten sich völlig erschöpft die Treppe hinauf, als das letzte Auto abfuhr. Ich sah ihnen nach und fragte mich, welche von beiden Al Muller wohl ermordet hatte.
Nicht daß die Polizei von Mord gesprochen hatte. Die Untersuchung hatte lange gedauert, viele Fragen waren gestellt worden; man hatte unsere Fingerabdrücke genommen, und der Eigentümer des Revolvers – Henry – war ermittelt worden. Aber man hatte vorsichtige Zurückhaltung gezeigt. Von Mord hatte bisher keiner gesprochen.
Man hatte sich meine Aussage angehört, die zum Glück der junge Mann aus dem Drugstore bestätigen konnte. Man hatte sich die Aussagen der beiden Damen Briggs angehört, die fast identisch waren. Beide erklärten, sie seien durch das Krachen des Schusses geweckt worden; hätten dann einen Moment unsicher gewartet; waren sogleich hinausgegangen und im Flur zusammengetroffen. Gemeinsam waren sie die Treppe hinuntergegangen und hatten Al Muller gefunden.
Sie hatten die Polizei angerufen. Sie hatten mich wekken wollen und entdeckt, daß ich nicht da war. Sie hatten gefürchtet, auch ich könnte das Opfer eines Einbrechers geworden sein, der sich vielleicht noch auf dem Gelände befand. Als man sie fragte, ob sie glaubten, Al Muller könne aus Erschütterung über Henrys Tod Selbstmord verübt haben, zeigten sie beide Zweifel.
Es war kein Selbstmord. Es war Mord.
Aber ich wußte nicht, welche von beiden ihn ermordet hatte. Ich lauschte dem sich entfernenden Geräusch ihrer Schritte und dem Hauch ihrer Bewegungen, bis es still wurde. Dann ging ich wieder ins Wohnzimmer.

Man hatte die Leiche weggebracht, aber etwas von seiner Aura schien im Raum zurückgeblieben zu sein, und sie war nicht angenehm.
Das Zimmer war in großer Unordnung; die Sessel standen nicht an ihren gewohnten Plätzen, der Teppich, auf dem Al Muller gestorben war, lag zusammengerollt in einer Ecke, Beistelltische und Lampen waren achtlos herumgeschoben worden. Das große Porträt hing schief.
Den Teppich rührte ich lieber nicht an, ging nicht einmal in seine Nähe, aber als Bankmann und Junggeselle von vielleicht ein wenig übertriebenem Ordnungssinn rückte ich wenigstens Tische und Sessel gerade. Keine Hinweise natürlich; ich hatte es auch nicht erwartet. Zum Schluß trat ich zu Henrys Bild in seinem schweren Rahmen und rückte auch das gerade. Seltsam, daß es so schief hing. Da mußte jemand mit der Schulter angestoßen sein.
Ich maß, eigentlich eher zerstreut, meine eigene Schulterhöhe unter dem Porträt. Ich bin nicht groß, gewiß, aber die untere Ecke des goldenen Rahmens befand sich mindestens 30 Zentimeter über meiner Schulter. Als habe jemand das Bild mit der Hand zur Seite geschoben. Einen Moment lang blieb ich stehen und betrachtete Henry, dann holte ich mir einen Stuhl, kletterte hinauf und schaute hinter das Porträt.
Einige Zeit später rückte ich das Gemälde sorgsam gerade, stieg vom Stuhl, stellte ihn wieder an seinen Platz und setzte mich. Es würde etwas geschehen, und es würde bald geschehen müssen.
Ich kann nicht behaupten, daß das Warten angenehm war. Ich hoffte von Herzen, daß es im Haus nicht noch eine zweite Schußwaffe gab. Irgendwo tickte eine Uhr, warnend wie mir schien, als wolle sie mich an die Flüchtigkeit der Zeit erinnern.

Für Al Muller war sie früh abgelaufen. Ich bin kein mutiger Mensch; als ich das Rascheln von Frauenkleidern auf der Treppe hörte, das Wispern vorsichtiger Schritte, mußte ich mich zwingen zu bleiben – und zu warten.

Sie mußte das Licht im Zimmer gesehen haben, aber überzeugt gewesen sein, es sei leer, denn als sie sachte wie ein Geist über die Schwelle trat und mich erblickte, schrie sie erstickt auf und griff sich mit beiden Händen an den Hals. Es war Frances.

Doch nach dem ersten Schrecken kam sie, ihr Negligé fest um sich ziehend, auf mich zu. Ihre schönen Augen glänzten.

»Ich wußte nicht, daß Sie hier sind. Ich wollte – ich wollte nachsehen, ob die Polizei nicht irgend etwas übersehen hat. Mr. Wickwire – Eloise hat ihn getötet.«

Das war natürlich vorauszusehen gewesen. Klar, daß eine von ihnen die andere beschuldigen würde; wahrscheinlich sogar, daß jede von beiden die andere als die Mörderin beschuldigen würde, die wirkliche Mörderin, um sich durch die Lüge zu schützen; die andere, um sich mit der Wahrheit zu schützen.

»Warum?« fragte ich.

»Ich weiß es nicht. Aber ich denke, es hatte mit Geld zu tun. Al Muller war einfach nicht der Mensch, der nur aus Teilnahme hierhergekommen und geblieben wäre. Er wollte etwas.«

»Mrs. Briggs, warum haben Sie mich hergebeten?«

Ihr Blick blieb ruhig. »Weil Muller hier war. Ich habe ihm nicht getraut. Ich wollte Sie bitten, ihn fortzuschicken. Aber ich weiß, daß Eloise ihn getötet hat, weil ich es nicht getan habe. Und eine andere Person gibt es nicht.«

»Ich habe ihn nicht getötet«, sagte Eloise klar und

deutlich von der Tür her. »Also kannst es nur du gewesen sein.« Sie trug ein langes, fließendes Negligé und hatte einen Revolver in der Hand.
Gewalt war, um es einmal so zu sagen, nie mein Bier. Es kroch mir eiskalt den Rücken hinauf. Aber ich mußte die beiden Frauen und mich aus dem Zimmer bugsieren und natürlich die Waffe an mich bringen.
»Wir sind alle übermüdet«, sagte ich. »Ich würde vorschlagen, Sie beide – äh – kleiden sich jetzt an, und ich mache uns inzwischen das Frühstück.« Ich ging zu Eloise. »Wem gehört der Revolver?«
»Mir. Henry hat ihn mir besorgt.«
»Was wollten Sie damit?«
Sie sah mich an. »Ich weiß nicht«, sagte sie, und ich glaube, es war ehrlich.
»Geben Sie ihn lieber mir.«
Zu meiner Überraschung und Beruhigung tat sie das ohne Widerrede. »Gut, dann kümmre ich mich jetzt um den Kaffee«, sagte ich energisch und ging durch das Speisezimmer in die Küche, wo ich geräuschvoll mit Geschirr und Töpfen klapperte. Ich machte allerdings den Fehler, den Revolver sicherheitshalber in die Mehldose zu stecken.
Ich ließ ihnen nur knapp die Zeit, sich anzukleiden und das zu tun, was zumindest eine von ihnen im Wohnzimmer zu tun hatte, und verbrannte prompt den Toast, weil ich ständig zur Uhr sah. Als ich ihn dennoch zusammen mit dem Kaffee ins Speisezimmer trug, kam auch schon Frances, frisch und strahlend in blauem Leinen. Und einen Augenblick danach erschien Eloise, sie frisch und strahlend in Pink.
Während die beiden schweigend ihren Kaffee tranken, hatte ich das unbehagliche Gefühl, auf einer Bombe zu sitzen, die beim kleinsten Anlaß explodieren würde. Aber gerade das konnte ich jetzt gar nicht gebrauchen.

Ich wählte daher meine Worte mit Vorsicht, als ich zu sprechen begann.
»Angesichts der gegebenen Umstände würde ich vorschlagen, unsere geschäftliche Besprechung noch einmal zu verschieben. Ich habe allerdings eine Bitte an Sie. Ich war sehr lange mit Henry befreundet. Wenn von Ihnen beiden keine sehr an dem Porträt hängt, würden Sie es dann mir überlassen?«
Eloises Blick flog zu mir. Sie stellte ihre Tasse nieder und drückte sich ein Taschentuch an die Augen. »Aber natürlich«, sagte sie. »Ich wußte nicht, daß Henry Ihnen so nahestand. Ich habe andere Bilder von ihm. Er – er würde sicher wollen, daß Sie das Porträt bekommen.«
Sie tupfte sich mehrmals die Augen.
»Danke«, sagte ich und wandte mich Frances zu, die aufgestanden war.
»Es tut mir leid«, sagte sie. »Ich will nicht vorgeben, daß ich Henry liebte, als er dich kennenlernte, Eloise. Es brach mir nicht das Herz, als er mich um die Scheidung bat. Ich willigte ein. Aber früher einmal, als Henry und ich noch jung waren, damals, als dieses Porträt gemalt wurde, da habe ich ihn geliebt. Es tut mir wirklich leid, Mr. Wickwire, aber ich möchte das Bild gern behalten.«
Damit wußte ich, was ich wissen mußte. Ich sagte, ich verstünde sie, entschuldigte mich und ging aus dem Zimmer.
Heimlich schlich ich mich durch die Hintertür aus dem Haus. Von hier führte eine mit Wein bewachsene Pergola zur Garage, die mir Schutz bot. Als ich in der Garage gerade die Tür des Kombis öffnete, kam Eloise hereingelaufen.
»Mr. Wickwire, wohin wollen Sie?«
»Zur Polizei. Würden Sie fahren? Ich bin diesen Wa-

gen nicht gewöhnt. Außerdem ist es vielleicht sicherer.«
»Sicherer? Soll das heißen, daß Sie . . .« Sie schnappte einmal kurz nach Luft und setzte sich ans Steuer.
»Fahren Sie hinten herum zur Straße hinaus«, sagte ich. »Da sind wir durch die Büsche und Bäume vielleicht nicht zu sehen.«
Die Sonne war mittlerweile aufgegangen, und ihr Licht lag hell auf den Rasenflächen und der Landstraße. Eloise wußten den Weg zur Polizeidienststelle. Sie ging mit mir hinein, und der junge Lieutenant, der in der Nacht die Untersuchung geleitet hatte, saß an seinem Schreibtisch und telefonierte gerade, als wir zu ihm geführt wurden. Er wirkte zufrieden und entspannt; sein Revolver lag auf dem Schreibtisch.
»Ah, da sind Sie ja. Ich wollte Sie gerade anrufen. Die Fingerabdrücke auf der Waffe stammen von Muller selbst. Es war also wahrscheinlich Selbstmord.«
Fingerabdrücke kann man natürlich auch nach vollbrachter Tat auf einem Revolver anbringen, aber ich wollte mich nicht mit ihnen darüber streiten. Ich schickte einen sehnsüchtigen Gedanken zu dem Revolver in der Mehldose und sagte: »Ich habe Material, das leider das Gegenteil beweist. Wenn Sie das Haus durchsuchen lassen, werden Sie ein Bündel Schuldscheine finden, die zugunsten von Al Muller ausgestellt und von Henry Briggs unterzeichnet wurden. Die Unterschriften sind allesamt gefälscht. Aber fürs erste –« ich räusperte mich »sollten Sie Mrs. Eloise Briggs verhaften und unter Anklage –«
Eloise ließ mich nicht aussprechen. Sie ergriff blitzschnell den Revolver des Lieutenants. Zwei Schüsse gingen ins Leere, die dritte Kugel durchschlug klirrend das Fenster, dann hielt der junge Lieutenant sie fest, aber beileibe nicht liebevoll in den Armen.

Er ließ sie erst los, als die anderen Beamten hereinstürmten. Ich kroch so würdevoll wie möglich unter dem Schreibtisch hervor. Der junge Lieutenant war fix. »Die Schuldscheine«, sagte er keuchend und errötend, »hat sie wahrscheinlich bei sich. Holen Sie eine Beamtin, Sergeant.«
Er hatte recht. Die Schuldscheine, ein recht umfangreiches Bündel, steckten in ihrem Büstenhalter. Ich muß gestehen, ich war erleichtert, sie zu sehen; Eloise hatte weder Zeit noch Gelegenheit gehabt, sie zu vernichten, aber es war eine knappe Angelegenheit gewesen.
Im Haus zurück setzte ich mich, nachdem gewisse Formalitäten erledigt waren, zu einem Gespräch mit dem Lieutenant und Frances zusammen.
»Muller hat ihr also einen Haufen Geld geliehen«, sagte der Lieutenant, »glaubte aber, es Henry zu leihen, der krank war. Tatsächlich jedoch hatte sie Henrys Unterschriften gefälscht.«
Ich nickte. »Er entdeckte wahrscheinlich, daß es Fälschungen waren. Vielleicht wußte er es auch von Anfang an. Nach Henrys Tod jedenfalls – äh –«
»Legte er ihr die Daumenschrauben an«, sagte der Lieutenant. »Und hat nicht lockergelassen. Er muß einen hohen Preis verlangt haben. Und da hat sie ihn erschossen. Aber dann...«
»Dann mußte sie schnellstens aus dem Zimmer hinaus und wieder nach oben. Sie zog ihm die Schuldscheine aus der Tasche, versteckte sie hinter dem Porträt, drückte seine Finger auf die Waffe und rannte dann die Hintertreppe hinauf. Etwa zur gleichen Zeit kam Frances ins Foyer.«
»Aber woher wissen Sie das alles?«
»Ich fand die Schuldscheine. Ich wußte nicht, welche der beiden Frauen ihn erschossen, welche die Unterschriften auf den Scheinen gefälscht hatte und sie drin-

gend wieder in ihren Besitz bringen mußte. Ich ließ beiden Frauen etwas Zeit – zuviel Zeit, fürchtete ich, aber – kurz und gut, dann bat ich um das Porträt. Ich wußte, daß die Frau, die Muller erschossen hatte, das Porträt nicht würde haben wollen; es wäre ihr ja nur eine ständige Erinnerung an ihre Schuld gewesen. Folglich kam die Bereitschaft, das Bild herzugeben, einem Schuldgeständnis gleich, und würde gleichzeitig den Hinweis liefern, sagte ich mir, daß die Schuldscheine entfernt worden waren. Eloise war sofort bereit, das Porträt wegzugeben. Frances«, sagte ich mit einer Verneigung zur anderen Mrs. Briggs, »wollte es behalten.«

Der Lieutenant und Frances sahen mich verständnislos an.

»Ich muß dazusagen«, bemerkte ich, »daß ich telefonische Erkundigungen über Eloise einholte. Sie trug viel Schmuck und teure Kleider. Ich stellte fest, daß sie überall hochbelastete Kreditkonten hatte und weit mehr Geld ausgab, als Henry ihr gegeben haben konnte. Sie wissen ja, ich sitze an der richtigen Stelle, um solche Dinge in Erfahrung zu bringen. Woher also hatte sie das viele Geld? Und warum hielt sich Al Muller hier im Haus auf?«

»Oh«, sagte Frances nur.

Doch der Lieutenant sah weiter und sagte: »Sie müssen doch aber solidere – äh – Hinweise gehabt haben. Eine klarere Verdachtsgrundlage.«

Ich seufzte. Jeder Bankmann muß sich schon sehr früh einer traurigen Tatsache stellen. »Wenn jemand dringend mit einem Bankfachmann sprechen will«, sagte ich zum Lieutenant, »dann weil er – oder sie – Geld leihen möchte. Frances Briggs hatte einen anderen Grund, mich hierherzubitten. Aber Eloise . . .«

»Sie wollte eine Hypothek auf das Grundstück aufneh-

men, um Muller bezahlen zu können!« rief der Lieutenant. »Hat sie Sie um einen Kredit gebeten?«
»Nicht direkt«, antwortete ich.
Der Lieutenant grinste plötzlich. »Ah, ich versteh schon. Aber darauf sprangen Sie nicht – ich meine, Sie ließen sich nicht – na ja, ihre Reize konnten Sie nicht – das heißt . . .« Er lief rot an, warf mir einen entschuldigenden Blick zu und bemühte sich, sein Grinsen zu unterdrücken.
»Ach, Mr. Wickwire!« Mit einem wunderschönen Lächeln und einem warmen Blick neigte sich Frances zu mir. »Sie sind wirklich ein richtiger Detektiv. Und ein sehr mutiger Mann!«
Eine schöne Witwe kann einem eben nicht nur auf eine Art gefährlich werden. Ich stand etwas überstürzt auf und sagte, ich müßte in die Stadt zurück. Und als mich am folgenden Wochenende wieder eine Witwe einlud, diesmal in ein Haus auf Long Island, schickte ich doch lieber eine Vertretung.

Nach dem Tanz ein Mord

Es war eine stürmische Nacht. Die Wolken fegten über den Himmel, und der Wind peitschte schaumgekrönte Wellen aus der schwarzen See an den Strand. Das Orchester spielte lauter und schneller, wie immer in solchen Nächten, als gelte es, Wind und Meer auszusperren und die Gäste abzulenken, wenn Mr. Brenn, der Besitzer und Leiter des Hauses, merkte, daß ihn das Wetter im Stich ließ.
Prompt um elf wurde das Licht über den Eßtischen ausgemacht, Scheinwerfer erhellten die Tanzfläche, auf der jetzt Fran und Steve auftauchten, während die Musik einen langsamen Slow anstimmte. Es war die erste Nummer von den im Hotelprospekt erwähnten »Tanzvorführungen nach dem Diner im Clubhaus, dargeboten von Mitgliedern der Garden Tanzschule. (Privatunterricht auf Wunsch. Spezialität Rumba.)«
Steve und Fran drehten sich, beugten sich, ruhten einen Takt lang und kreisten wieder. Im Schatten rings um die Tanzfläche waren über den Tischen undeutlich einige Gesichter erkennbar.
Miss Flora Halsey, die wie eine ältliche, ziemlich bekümmerte Puppe aussah, das schmale Antlitz von weißen Locken umrahmt, lächelte ihnen wehmütig zu. Ihr Neffe, Henry Halsey, mit seinem ebenfalls puppenhaften Gesicht, das jedoch mehr einer schmollenden Puppe glich, saß ihr gegenüber und starrte ins Leere. Fran und Steve drehten und kreisten weiter. Jetzt

tauchten Senator Bude und seine Schwester aus dem Schattenring auf. Der Senator lächelte charmant über seinem weißen Dinnerjacket; seine ältere Schwester strickte, Mißbilligung in ihrem hochmütigen Gesicht zum Ausdruck bringend.

Sie verschwanden, als Fran und Steve in einem langen, prachtvollen Schwung um das ganze erhellte Oval der Tanzfläche schwebten. Fran wunderte sich kurz, wo Nanette, die Hotelsirene, blieb, die sich zuerst an Henry und anschließend an den Senator herangemacht hatte. Mit einer langen, tiefen Beugung, die sie jetzt in die Mitte der Tanzfläche brachte, endete diese Nummer.

Es folgte Applaus. Sie verbeugten sich wieder. Dann ging das Orchester zu einem schnellen Rhythmus über. Als sie das nächste Mal an Halseys Tisch vorbeikamen, saß Miss Halsey allein dort und lächelte ihnen nicht mehr zu, sah sie offensichtlich nicht einmal. Henry war vermutlich in die Bar gegangen.

Auf den Onestep folgte ein Rumba mit so vielen Wechselschritten, daß Fran sich ausschließlich darauf konzentrieren mußte, Steve zu folgen. Der Rumba wurde abgelöst von einem schnellen Samba mit synkopiertem Rhythmus. Irgendwann während der Vorstellung verließ Miss Halsey ihren Tisch. Niemand sah sie weggehen.

Nach der sieben Minuten dauernden Pause um halb zwölf, währenddessen Fran in ihrer Garderobe saß, die Füße auf einem Stuhl gegenüber, und Steve hinausging, um sich etwas auszukühlen und eine Zigarette zu rauchen, war die Tischordnung leicht verändert. Der Senator war jetzt allein und mußte sich im Verlauf ihres nächsten Tanzes entfernt haben, denn als der Applaus einsetzte und sie sich verbeugten, war der Tisch der Geschwister Bude leer.

Punkt Mitternacht ging das Orchester zur Schlußnummer über, einem fröhlichen, schnellen Walzer. Während sie tanzten und Frans schwarzes Chiffonkleid mit Schwung um ihre flinken Füße kreiste, spürte sie aus der Dunkelheit hinter dem erleuchteten Kreis, auf dem sie und Steve sich bewegten, die gewohnte, etwas wehmütige Begeisterung des Publikums. Ein Walzer blieb nun mal etwas Besonderes, dachte Fran. Das Orchester kam zu seinem berauschenden, mitreißenden Höhepunkt, und Fran beugte sich nach rückwärts über Steves stützenden Arm, bis ihr Haar fast den Boden berührte.
Es war als Andeutung einer langen, leidenschaftlichen Umarmung gedacht. Daher freute sie sich, in der plötzlich eintretenden Stille aus dem Publikum etwas wie einen Seufzer zu vernehmen. Irgendwer meinte sogar recht hörbar: »Oh, schau, jetzt küßt er sie!«
Steve preßte sein sonnenbraunes Gesicht gegen ihres. Und was er sagte, war höchst unromantisch. »Halt still, Fran. Ich stehe auf deinem Kleid.« Sie behielt ihre Pose, verzweifelt bemüht, nicht zu keuchen, bis sie spürte, daß Steve sein Gleichgewicht unmerklich verlagert hatte. Hand in Hand verbeugten sie sich, rückwärts der Garderobe zustrebend, und darum bemüht, nicht nach Atem zu ringen.
Der Beifall verebbte. Stühle wurden zurückgeschoben, die Gäste bewegten sich, unterhielten sich und strömten der Eleganz des Clubhauses zu. Steve ließ ihre Hand los. »Hoffentlich habe ich dein Kleid nicht zerrissen.«
Mr. Gardens Tanzschule bezahlte ihr ein Gehalt, das Reisegeld und einen Prozentsatz von dem, was die Hotelgäste für privaten Tanzunterricht ausgaben, aber er steuerte rein gar nichts zu ihrer Garderobe bei, und Steve war sich dessen bewußt.

»Nein, es ist nichts passiert«, sagte sie.
»Es war ungeschickt von mir. Gehst du hinüber ins Hotel?«
»Ja.« Sie ergriff ihren Mantel und hoffte flüchtig, ob er sie wohl einladen würde, einen Spaziergang am Meer zu machen, oder in die Stadt zu fahren und in einem Patio-Restaurant Rühreier zu essen? Manchmal tat er das.
Diesmal nicht. »Würdest du . . .« Er griff in seine Tasche und brachte ein kleines, goldenes Abendtäschchen zum Vorschein. »Würdest du das Miss Halsey geben? Sie ist nicht mehr an ihrem Tisch und wahrscheinlich in ihr Zimmer gegangen. Sie bat mich, es in meine Tasche zu stecken, während ich mit ihr tanzte, und dann vergaß ich, es ihr zurückzugeben.«
Enttäuschung beschlich Fran. Im Spiegel über dem Toilettentisch sah sie ein Gesicht, das ihr zu schmal und zu eckig schien, die Augen kamen ihr zu groß und zu hell vor, der sandfarbene Mantel sah zu ihrem eleganten Tanzkleid aus Chiffon viel zu schäbig aus. Vielleicht hatte Steve eine Verabredung mit Nanette. Nicht, daß es Fran etwas ausmachte. Sie und Steve waren lediglich Tanzpartner, Frances Allen und Steve Greene, die tanzten und unablässig probten und unterrichteten, weil jeder von beiden Geld nötig hatte.
»Geht in Ordnung. Ich nehme es mit. Gute Nacht, Steve.«
»Danke. Gute Nacht.«
Sie ging durch die Seitentür hinaus und nahm die Abkürzung, einen Weg, der durch eine hohe Hecke aus australischen Pinien dann direkt zum Hotel führte. Der Wind zerrte an ihrem Mantel. Die Hecke schien lebendig und zornig, als sie sich ihr näherte. Anschließend kam sie zu einem großen, viereckigen Rasenplatz mit Swimmingpool, der auf drei Seiten von den ver-

schwommen sichtbaren weißen Mauern des Hotels umgeben war. Lichter gingen an, als Gäste, die den Hauptweg benützt und das Hotel durch den Vordereingang betreten hatten, in ihre Zimmer zurückkamen. Es brannte Licht in dem breiten Durchgang, der wie ein gewölbter Tunnel unter dem Mittelteil des Gebäudes zum Eingang führte.
Ein Mann, der am Rande des Swimmingpools auf einem Stuhl gesessen hatte, erhob sich, warf eine Zigarette weg und schritt rasch auf die leere Finsternis zu, welche die letzte Seite des Grasvierecks abschloß und in Wirklichkeit aus einer weiteren Hecke, dem Pier, dem Strand und dahinter lauter Nacht und Meer bestand.
Es war ein kleiner Mann in einem im Wind flatternden Regenmantel und mit einer tief ins Gesicht gezogenen Mütze. Vielleicht war es sein hastiger Aufbruch, der Frans Aufmerksamkeit erregt hatte, vielleicht auch eine gewisse Fremdheit, denn ihr ging durch den Kopf, daß es ein Unbekannter sein mußte, jemand der neugierig am Strand entlang ging und davon profitierte, daß das Gelände um das Hotel herum menschenleer war. Er konnte kein Hotelgast sein, denn er brach eilig auf, als er sich beobachtet wußte.
In Miss Halseys Ecksuite brannte Licht. Als Fran am Swimmingpool vorbeikam, war der Mann im Regenmantel in der undurchdringlichen Dunkelheit in Richtung Meer verschwunden.
Zum Luxus eines Superhotels, wie es das Montego Haus zweifellos war, gehört auch eine exklusive Architektur. Mit seinen zwei langen Seitenflügeln, den grünen Stores, seinen Rasenflächen und Büschen, sah es nicht nur hübsch und attraktiv aus, es war auch außerordentlich komfortabel. Jede Suite hatte ihre eigene kleine Veranda und ihren eigenen Eingang und im

zweiten Stock sogar ihre eigene Treppe. Über dem Eingang der Treppe, die zu Miss Halseys Suite führte, brannte Licht.

Fran rief: »Miss Halsey . . .«, während sie die schmalen Stufen hinaufstieg. Oben kam Licht aus der offenen Tür. Sie konnte ins Zimmer mit seinen Kiefernholzmöbeln und bunten Kissen hineinsehen, aber weder Miss Halsey noch ihr Neffe Henry waren dort. Sie klopfte und wartete und klopfte erneut. »Miss Halsey, ich bringe Ihnen Ihr Abendtäschchen.«

Immer noch keine Antwort, nur das Rauschen des Meeres hinter den offenen Türen zur Veranda und das leichte Reiben der Palmenblätter an den Wänden. Sie würde das Täschchen einfach hierlassen und wieder gehen. Sie trat ins Zimmer, legte das kleine goldene Täschchen auf einen Tisch neben eine Vase mit Gladiolen, drehte sich um –, und dann sah sie Miss Halsey zusammengekrümmt bei der Tür liegen, die sie bis jetzt vor Frans Augen verborgen hatte; Miss Halsey lag da wie ein seltsames, verbogenes kleines Häufchen.

Fran rannte auf sie zu und kniete sich neben sie. Doch selbst nach einer Weile konnte sie sich nicht dazu überwinden, die gekrümmte Gestalt in schwarzer Spitze zu berühren, die mit dem Gesicht zum Teppich lag, auf dessen Elfenbeinfarbe sich ein tiefroter Fleck immer weiter ausdehnte.

Wellen brachen sich und schlugen gegen das Ufer. Die Palmen vor der Veranda raunten und flüsterten. Fran erhob sich schwankend und stolpernd in ihrem schwarzen Chiffon. Auf dem Tisch stand ein Telefon. Mr. Brenn, der Besitzer und Direktor antwortete selbst . . .

Freundlich wie immer schickte Mr. Brenn sie auf ihr Zimmer; sie sollte dort warten. Durch das Fenster, das

auf die Landseite hinausging, sah sie die Polizeiwagen von der Hauptstraße abbiegen und auf dem beleuchteten Vorplatz parken.
Mr. Brenn sagte, es sei Mord. Das war nicht wahr, konnte nicht wahr sein, aber genau das hatte er gesagt. Er hatte nach einer Waffe gesucht – erst nachdem er die Polizei angerufen hatte. Er hatte das ganze Zimmer danach abgesucht, die knallroten und gelben Kissen auf dem Sofa und den Sesseln hochgehoben und Fran gefragt, ob sie eine Waffe gesehen habe. Aber niemand hätte die nette und freundliche Miss Halsey ermorden wollen.
Ohne Waffe konnte sie sich nicht umgebracht haben.
Ich muß mich umziehen, dachte Fran. Sie werden mich rufen. Mr. Brenn hatte das auch gesagt. Irgend etwas von einer Aussage für die Polizei.
Fran hatte Miss Halsey gern gemocht, und auch Steve mochte sie, obwohl Miss Halsey so viele – zu viele – Tanzstunden nahm. »Sie tut es, um mir zu helfen«, erklärte er einmal verdrossen. Und so war es auch, Miss Halsey fühlte sich ihm verpflichtet; er hatte sie einmal aus dem Meer geholt, als sie sich zu weit hinausgewagt hatte. Steve versuchte, Geld zu sparen, um sein Jurastudium, das er wegen des Koreakrieges unterbrechen mußte, wiederaufzunehmen. Die G.I.-Bill (Stipendium für ehemalige Frontkämpfer) würde helfen, aber eine kleine Rücklage, ein paar hundert Dollar, konnten ebenfalls helfen. Deshalb hatte Steve eine Arbeit angenommen, die er, wie Fran wußte, nicht liebte. Aber er konnte dabei vier Monate lang Geld sparen und hatte außerdem Zeit zum Lernen. Miss Halsey wußte das ebenfalls, und darum tanzte sie mit einer unerbittlichen Entschlossenheit, bis ihr der Atem und ihre kleinen Füße versagten und sie sich setzen mußte.
Fran dachte daran, Steve anzurufen. Doch die Zentrale

würde um diese Zeit wahrscheinlich überlastet sein. Die Nachricht von einem Mord – Mord! dachte sie – würde sich wie ein Lauffeuer im ganzen Hotel verbreiten ...
Es dauerte lange, bis Finial, ein älterer Chefportier, sie endlich holte. Sie ging ihm durch den Korridor voraus, der von ihrem Zimmer aus über eine Außentreppe hinunterführte. Selbst auf der dem Land zugekehrten Seite schüttelte der Wind die zahlreichen Hibiskusbüsche und Bougainvillea wie wild, und als sie in den beleuchteten gewölbten Durchgang einbogen, schien der Lärm der Brandung unheildrohend über sie hinwegzuschwappen.
Doch Mr. Brenns Büro mit seinem Schreibtisch, den Aktenschränken und Korbsesseln war recht gemütlich und sperrte den Lärm von draußen einfach aus. Mr. Brenn saß am Schreibtisch, und Henry Halsey saß wie gebrochen daneben, das runde Gesicht in den Händen vergraben. Außerdem gab es zwei uniformierte Polizisten, der eine schrieb in einen Notizblock, der andere stellte offenbar Fragen. Alle zusammen ereiferten sich gerade über einen Umschlag, der auf Brenns Schreibtisch lag.
»Natürlich weiß ich, was er enthält«, erklärte Mr. Brenn. Er begrüßte Fran mit einem kurzen Nicken und fuhr fort: »Ich war ja dabei. Vor zwei Tagen. Sie bat mich, den Umschlag in meinen Safe zu legen, bis sie ihn ihrem Anwalt zuschicken würde. Das tat ich auch. Aber ich glaube nicht, daß es erlaubt ist, ihn jetzt aufzumachen, außer Halsey ist damit einverstanden.«
Ein dritter Beamter öffnete die Tür und schrie lauter als der Wind: »Können ihn nicht finden, Captain Scott! Auf dem ganzen Gelände nicht und auch nirgends im Hotel.«
Der Angesprochene war groß und mager, hatte ein fal-

tiges braunes Gesicht, einen kahlen Kopf und strahlte Autorität aus. »Schickt in beide Richtungen der Küstenstraße Streifenwagen«, kommandierte er. »Funkt Warnungen an den Flughafen Miami und die Küstenwache in Palmbeach und Jacksonville.«
»Jawohl, Sir.« Die Tür knallte zu, und der Captain wandte sich an Mr. Brenn. »Den kriegen wir garantiert.«
Und Mr. Brenn bemerkte: »Ich glaube nicht, daß dieses Testament etwas damit zu tun hat. Jemand hat versucht, ins Hotel einzubrechen, und Miss Halsey kam in ihre Suite und hat ihn dabei erwischt. Er muß vom Strand her gekommen sein, und auf dem gleichen Weg ist er wieder verschwunden. Nichts leichter als das.«
Diese Worte schienen eine andere Diskussion auszulösen. Captain Scott sah mit finsterem Blick auf Henry. »Sie behaupten, sie hätte hier im Hotel niemanden gekannt?«
Nach einer Sekunde oder zwei tönte es hinter Henry hervor: »Jedenfalls nicht, bis wir vor etwa zwei Monaten angekommen sind.«
»War sie mit irgendwelchen Gästen besonders befreundet? Ich meine, ist sie mit bestimmten Personen häufig zusammengewesen?«
Henry nahm seine Hände herunter. Sein Gesicht sah blaß und eher mürrisch aus. »Sie hat sich mit allen gut verstanden. Jeder hätte hier hereinkommen und sie erschießen können.«
»Aber vielleicht gibt es etwas in ihrem Leben, das erklären könnte ... Ich will sagen: Hatte sie vielleicht Feinde?«
Henry starrte auf ein Glas, das in seiner Nähe auf dem Schreibtisch stand, und meinte: »Nein!«
»Wirklich, Scott«, mischte sich nun Mr. Brenn ein, »meine Gäste ...«

»Ich weiß, ich weiß – lauter nette Leute, bedeutende Persönlichkeiten. Aber es ist eine Frau erschossen worden ... Hören Sie, was ist mit Finial? Er war allein, hatte Dienst in der Telefonzentrale ...«
»Machen Sie sich nicht lächerlich«, fiel ihm Mr. Brenn ziemlich heftig ins Wort. »Ein Kirchenältester. Arbeitet für mich, seit ich vor achtzehn Jahren dieses Hotel eröffnet habe. Ein ausgezeichneter Mann, ehrlich bis auf die Knochen. Seine Frau leitet die Mädchen an. Die beiden haben die ganzen Jahre in der Stadt gewohnt, Scott. Sie kennen ihn doch! *Finial!*«
»Na ja«, Captain Scott kratzte sich den kahlen Schädel. »Aber es ist jemand in dieser Suite gewesen!«
Mr. Brenn war immer noch ärgerlich. »Eine fremde Person kam vom Strand herauf, ein Dieb, ein Landstreicher, so ein Kerl, den Ihre Leute schon längst hätten einbuchten müssen.«
Captain Scott schien eine Erleuchtung zu haben. »Und was ist mit neuen Gästen?«
»Ja«, bekannte Mr. Brenn zögernd. »Heute. Ein Mr. Abernathy. Bibliothekar an der Harnell-Universität. Hat ganz sicher nichts damit zu tun.«
Captain Scott blieb hartnäckig. »Hat Miss Halsey diesen Abernathy womöglich gekannt?« fragte er Henry.
»Nicht daß ich wüßte. Und ich hätte das bestimmt gewußt.«
Captain Scott versank für einen Augenblick in andächtiges Grübeln. »Was ist mit den Schlüsseln? Wie konnte jemand so ohne weiteres in ihre Suite eindringen?«
Mr. Brenn reagierte mit einem Kraftausdruck. Dann fuhr er etwas ruhiger fort. »Ich kann Ihnen nur sagen, Scott, daß wir nie auch nur den kleinsten Diebstahl in unserem Haus hatten. Manchmal schließen die Gäste ihre Zimmer ab, meistens aber nicht. *Meine* Gäste ...«

»Ich weiß, ich weiß. Das ist ein exklusiver Laden.«
Laden war nicht ganz der passende Ausdruck für das gediegene Montego Haus, aber niemand lächelte. Störrisch fuhr der Captain fort: »Diese Frau ist nun mal umgebracht worden, soviel steht fest. Ich muß jeden Hotelgast befragen, Brenn. Ihre ganze Gästeliste.« Er seufzte.
Mr. Brenn seufzte ebenfalls. »Morgen, Captain. Nicht jetzt, wenn ich bitten darf. Lassen Sie mir etwas Zeit, die Leute darauf vorzubereiten, ihnen alles zu erklären.« Mr. Brenn war ein Diplomat, wie es sich für einen guten Hoteldirektor gehörte. »Gönnen Sie mir eine Atempause, Scott.«
»Meinetwegen«, ließ der Captain sich herbei. »Ich werde die Leute morgen früh befragen. Das läßt Ihnen Zeit, etwas vorzuspuren, falls Sie mit uns zusammenarbeiten. Jetzt öffnen Sie das Testament.«
Henry Halsey erhob sich und starrte Scott verärgert an. »Ich bestehe darauf, daß diese Dinge in aller Ordnung und Legalität vorgenommen werden. Es ist im Moment auch nicht die Zeit...«
Doch Captain Scott unterbrach ihn. »Sie sagen, daß Sie ihr einziger naher Verwandter sind. Sie geben zu, daß sie Ihnen immer wieder erklärt hat, Sie würden alles erben, was sie besitzt. Hatten Sie in jüngster Zeit Meinungsverschiedenheiten mit ihr?«
»Niemals!« antwortete Henry kurz.
Das stimmte nicht ganz, dachte Fran plötzlich. Trotz all ihrer Liebenswürdigkeit hatte Miss Halsey ein ständiges und mißbilligendes Auge auf ihn und Nanette gehabt. Bis Nanette dann sozusagen zum Senator übergewechselt war, der gut aussah, reich und um die Vierzig und ein äußerst begehrenswerter Junggeselle war und außerdem noch entschieden attraktiver als Henry Halsey.

»Vergessen Sie nicht, Scott«, erinnerte ihn Mr. Brenn, »daß Halsey ein Alibi hat. Er war die ganze Zeit in der Bar. Sowohl Jim als auch Mrs. Lee haben Ihnen das bereits bestätigt.«
Jim war der Barmann und hatte, wie Finial, für Mr. Brenn gearbeitet, seit das Montego Haus eröffnet worden war. Mrs. Lee leitete das Clubhaus, und niemand, der auch nur fünf Minuten mit ihr gesprochen hatte, zweifelte an ihrer Tüchtigkeit oder gar an ihrem Wort. Captain Scott seufzte erneut beim Gedanken an die unbestreitbare Ehrlichkeit der beiden, dann wandte er sich wieder Henry zu. »Demnach ist Ihnen kein Grund bekannt, weshalb ein neues Testament hätte abgefaßt sein können?«
»Tante Flora brauchte keine Gründe.« Henry Halsey griff nach seinem Glas und trank in durstigen Zügen, bevor er sagte: »Sie war nun mal so, hatte regelrechte Launen. Vielleicht wollte sie sogar etwas daran ändern.«
Mr. Brenn beklopfte den Umschlag. »Miss Halsey bat mich, als Zeuge zu agieren. Jane – meine Sekretärin – tippte es für sie. Jane ist öffentliche Notarin; sie war ebenfalls Zeugin. Ich hielt es für angebracht, Ihnen vom Vorhandensein dieses Testaments zu erzählen. Aber wie Halsey sagte, gibt es angemessene und ...«
»Die Verantwortung dafür liegt bei mir«, erklärte Captain Scott und nahm den Umschlag.
Henry griff danach, verfehlte ihn und schrie: »Das können Sie nicht tun! Das ist nicht in Ordnung!« und verstummte. Der Captain hatte schon ein hohes, doppeltes Blatt aus dem Umschlag gezogen.
Er las langsam, schien zurückzugehen und nochmals zu lesen, dann legte er das Papier auf den Schreibtisch. »Das also ist es«, sagte er zu Henry.
Henry riß das Testament an sich. Sein Bubengesicht

schien zu schrumpfen, während er las. Dann ließ er das Papier fallen, klammerte sich an seine schöne schwarze Krawatte und rief: »Sie hat alles, alles, was sie besaß, Steve Greene hinterlassen! Diesem Tänzer! Alles, was sie besaß!« kreischte er. »Er hat sie umgebracht!« Seine weitaufgerissenen Augen schossen durch den Raum und blieben an Fran hängen. Wütend starrte er sie an und zeigte zitternd auf sie. »Sie hat ihm dabei geholfen! Sie taten es gemeinsam!«
Alle Blicke richteten sich auf Fran.
Das war ja heller Wahnsinn! Das Papier in diesem Umschlag sollte Miss Halseys Testament sein, wonach sie alles, was sie besaß, Steve vermachte. Steve Greene! Und dann dieser Mann, den sie zu finden hofften, nach dem sie den Strand und die Küstenstraße absuchten, um dessentwillen sie die Flug- und Küstenwache alarmiert hatten – war das ebenfalls Steve? Es war wirklich Wahnsinn!
Laut schrie sie: *»Das ist nicht wahr! Steve hat sie nicht getötet!«* Es gab sogar einen Grund, warum Steve Miss Halsey nicht umgebracht haben konnte. »Steve tanzte mit mir! Wir waren zusammen auf der Tanzfläche. Alle haben uns dort gesehen. Er hätte sie gar nicht umbringen können.«
»Das ist richtig.« Mr. Brenn erhob sich. »Das stimmt. Die beiden – ich will sagen, Miss Allen hier und Steve Greene – führten von elf bis Viertel nach zwölf Schautänze vor. Gleich darauf hat Miss Allen Miss Halsey gefunden. Niemand weiß, wann Miss Halsey den Speisesaal im Clubhaus verlassen hat, aber es war jedenfalls nach Beginn der Tanzvorführungen. Und von da an bis um Viertel nach zwölf haben Steve und Fran getanzt. Beide. Im Rampenlicht. Der Arzt meint, Miss Halsey sei schon mindestens eine halbe Stunde tot gewesen, als man sie fand.«

»Zu dumm, daß niemand einen Schuß gehört hat«, brummte Captain Scott ärgerlich.
»Wie konnte man überhaupt etwas hören? Mit dem Rauschen des Meeres und dem lauten Orchester...«, gab Mr. Brenn zu bedenken.
»Steve Greene hatte ein Motiv«, mischte Henry sich ein. »Das ganze Hotel lachte darüber, wie meine Tante ihm nachlief. Er hat sie dazu gebracht, ihr Testament zu ändern! Das ist doch bekannt: Nicht mehr junge Frau mit Geld wird von geschniegeltem jungem Gauner hereingelegt.«
»Das ist nicht wahr!« rief Fran. »Sie war ihm dankbar, weil er sie aus dem Sog gerettet hatte. Sie nahm bei ihm Tanzunterricht, und sie bestand darauf, daß Steve mit ihr tanzte, immer wieder.«
Henry Halsey war außer sich. Seine kleinen Äuglein sprühten, seine runden Finger mit den Grübchen klammerten sich an die Schreibtischplatte. »Flotter junger Held, der ihr das Leben rettet! Attraktiver junger Tanzlehrer! Und sobald sie ihn in ihrem Testament bedacht hat...«
»Einen Augenblick, Halsey«, fuhr Captain Scott dazwischen. »Sie sagen, daß Sie nichts von diesem neuen Testament wußten. Ich glaube Ihnen. Aber war Ihnen bekannt, daß sie die Absicht hatte, ein neues Testament zu machen? Hat Ihre Tante jemals gedroht...«
»Gedroht?« Henrys Wangen färbten sich dunkelrot. »Ich habe sie nicht umgebracht! Ich habe ein Alibi!«
»Sie wußten nicht, daß sie ein neues Testament gemacht hatte? Aber haben Sie gewußt, daß sie sich mit dieser Absicht trug? Und warum genau hat Ihre Tante Sie darin ausgeschlossen?«
Henry war unsicher. »Ich habe gewisse Vermutungen. Ich war – ich hatte beruflich einiges Pech. Meine Tante wollte immer, daß ich... einer regelmäßigen Arbeit

nachgehe. Sie behauptete, sie hätte mich zu sehr verwöhnt. Aber wie ich Ihnen schon erklärte, bin ich ihr einziger naher Verwandter; es besteht kein Grund, warum sie mir nicht etwas von ihrem Geld abgeben wollte. Ich konnte nichts dafür, daß ich soviel berufliches Pech hatte. Aber sie sah es wohl anders und . . .«
»Sie wollen sagen«, ergänzte Captain Scott, »daß sie ein neues Testament machte, um Sie zu zwingen, sich . . .«
»Auf eigene Füße zu stellen, wie sie es nannte. Aber . . .«, ein selbstgefälliges Lächeln umspielte seine vollen Lippen, »wenn sie noch lebte, hätte sie dieses Testament wieder geändert. Sie hatte mich sehr gern. Ich weiß, daß Sie mir diesen Mord anhängen wollen, indem Sie behaupten, ich hätte sie wegen dieses neuen Testaments umgebracht. Aber ich bin sicher, daß sie es später wieder geändert hätte. Für mich gab es demnach jeden Grund, falls Sie ein Motiv auf mich zuschneiden wollen, sie am Leben zu erhalten.«
Die Wahrheit hat ihren bestimmten überzeugenden Ton. Was Henry sagte, war kein sehr nettes Geständnis, aber es klang echt. »Und außerdem«, fügte er hinzu, »habe ich ein Alibi.«
Auch das war wahr. Captain Scott starrte finster auf den jungen Mann und mußte zugeben, daß er recht hatte. Barsch sagte er: »Alibis können widerlegt werden.«
»Aber dieses nicht«, erklärte Henry mit einer Überzeugung, die fast etwas affektiert klang. »Das ist mein Glück. Ich habe das Clubhaus nicht verlassen, und Sie haben das sogar schon bewiesen.«
Man hörte eilige, lärmende Schritte vor der Tür. Dann flog sie auf. »Wir haben den Kerl!« rief ein Polizist. »Wir erwischten ihn zwei Meilen von hier am Strand.«
Steve, einen Beamten an jedem Arm, wurde ins Büro

gestoßen. Nasser Sand klebte an seinen schweren Halbschuhen. Er schenkte dem Raum einen raschen Blick. »Was ist los, Brenn? Was habe ich getan?«
»Das ist er!« kreischte Henry Halsey. »Das ist der Mörder!«
»Reg dich nicht auf, Steve. Nur ruhig«, begann Mr. Brenn. Fran rannte zu ihm. »Sei vorsichtig, Steve.«
Da schwang sich die Stimme des Polizeibeamten über den allgemeinen Tumult. »Ich bin Captain Scott von der Polizei. Wir möchten Ihnen ein paar Fragen stellen. Und ich nehme an...« Er räusperte sich und schien nach den richtigen Worten zu suchen. Mit Mord war er offensichtlich nicht vertraut – Geschwindigkeitsübertretungen – das schon, und Besoffene, aber nicht Mord.
»Wovon sprechen Sie?« fragte Steve.
»Vom Mord an Miss Flora Halsey«, gab Captain Scott zur Antwort.
»Miss Halsey –« wiederholte Steve und verstummte, als hätte ihm jemand einen Schlag versetzt.
Mr. Brenn erklärte eilig: »Sie hat ein Testament hinterlassen, Steve. Sie hat dir alles vermacht, was sie besaß.«
»Sie konnte nicht – doch nicht *mir*!« stotterte Steve.
Daraus vermeinte Captain Scott eine Anspielung zu hören, auf die er unverzüglich anbiß. »Sie wußten also, daß sie ein neues Testament machte?«
Steve drehte sich langsam, bis er Captain Scott in die Augen sehen konnte. »Sie redete viel, wissen Sie. Ich achtete nicht besonders darauf.«
Mr. Brenn schaltete sich abermals ein. »Hat sie dir gesagt, warum sie ein neues Testament machte, Steve?«
»Nein – das heißt, ja, gewissermaßen. Sie sagte, sie mache sich Sorgen um...« sein Blick wanderte zu Henry. »... um ihn. Sie sagte, sie wisse nicht, was tun. Sie

meinte, sie hätte ihn zu sehr verwöhnt – und so ähnlich. Sie sagte, sie hätte ihm erklärt, sie würde ihr Testament ändern, und das würde ihn vielleicht zum Arbeiten zwingen und ... aber eigentlich«, unterbrach sich Steve, »ist das *ihre* Angelegenheit. Sie redete, aber ...«
»Natürlich, sie redete«, sagte Henry hämisch. »Ganz vertraulich, nicht wahr? Und sie sagte Ihnen auch, daß sie sich mit der Absicht trage, Sie an meiner Stelle zum Erben zu machen.«
»Nein! Unmöglich! Das glaube ich nicht!« Die Gesichter rings um den Schreibtisch schienen ihn jedoch zu überzeugen. »Wenn sie das getan hat, dann dachte sie es nur als Drohung für Henry. Sie hätte es später wieder geändert. Zu seinen Gunsten. Er war der ganze Inhalt ihres Lebens.«
»Aber Sie sorgten dafür, daß ihr keine Gelegenheit blieb, es zu ändern!« platzte Henry los.
»Wann hat sie Ihnen das alles erzählt, Greene?« wollte Captain Scott wissen.
Steve war jetzt verärgert, verunsichert und störrisch. »Vor ein paar Tagen.«
Langsam fuhr Scott fort: »Eine solche Drohung konnte ihren Zweck nur erfüllen, wenn der junge Halsey davon wußte. Und Sie wußten es, nicht wahr, Halsey? Sie wußten bloß nicht, daß sie diesmal ihre Drohung wahrgemacht und tatsächlich ein anderes Testament aufgesetzt hatte.«
Henry hämmerte auf die Schreibtischplatte. »Selbst wenn sie es mir gesagt hätte! Für mich ändert das nichts! Ich hätte gewußt, sie würde es rückgängig machen. Aber er wußte es ebenfalls, und darum hat er sie erschossen, bevor sie es wieder ändern konnte.«
Captain Scott klopfte ebenfalls auf den Tisch. »Sergeant, nehmen Sie alles ins Protokoll auf. Also ...« Er

setzte sich und wandte sich an Fran. »Sie behaupten, daß sie bereits tot war, als Sie ins Zimmer kamen. Brenn hätte Sie nicht weglassen sollen. Was haben Sie mit der Waffe gemacht?«
Wiederum schienen alle gleichzeitig zu sprechen.
Steve erklärte entschieden: »Was immer auch geschehen ist, Fran hat damit nichts zu tun. Ich bat sie, Miss Halsey ihr Abendtäschchen zu bringen. Daß sie in Miss Halseys Suite war, ist reiner Zufall. Sie hat sie ganz sicher nicht getötet.«
Und Mr. Brenn sagte: »Ich habe etwas vergessen.« Er warf Fran und Steve einen besorgten, halb entschuldigenden Blick zu. »Es gab eine Pause, während sie tanzten. Sieben Minuten.«
Auch Fran hatte etwas vergessen. Es schien damals belanglos, konnte aber jetzt von Bedeutung sein. Sie rief: »Da war ein Mann. Ein Mann in einem Regenmantel. Draußen beim Swimmingpool. Es war kein Hotelgast. Er eilte weg...«
Captain Scott hatte alle drei gehört, nickte dem Sergeant zu und begann mit seinen Fragen.

Die Sonne lugte über den fernen Horizont, schien einen Blick auf den Strand zu werfen, der mit Unrat übersät war, den zornige Wellen angeschwemmt hatten, dann auf das noch schlafende Hotel mit seinen geschlossenen Gardinen, ehe sie höherstieg, um Steve und Fran lange zu betrachten.
Captain Scott hatte letzte Nacht keinem von beiden geglaubt.
Gegen Ende hatte er sie wieder und wieder mit denselben Fragen bombardiert.
»Also, Greene, warum machten Sie einen so langen Spaziergang am Strand? Komische Zeit für Spaziergänge, finden Sie nicht? In einer solchen Nacht. Sie be-

haupten, Sie hätten sich in der Garderobe des Clubhauses umgezogen und wären dann direkt an den Strand gegangen. Hat Sie jemand gesehen? Das ist doch ein mühsames Gehen auf dem nassen Sand, oder nicht? Ist doch wirklich nicht der rechte Moment für einen Spaziergang, nachdem Sie den ganzen Abend getanzt hatten.
Heraus mit der Sprache, wie war das mit diesem Testament? Sie erzählte Ihnen, daß sie ein neues Testament aufsetzen werde; sie sagte Ihnen auch warum. Und sie sagte Ihnen, daß es zu Ihren Gunsten sei – nicht wahr? Sie hatten Angst, daß sie es wieder ändern, daß sie das Geld ihrem Neffen hinterlassen würde, sozusagen ihrem eigen Fleisch und Blut, nicht wahr? Falls sie aber stürbe, während das gegenwärtige Testament Gültigkeit hatte, würden Sie das Geld bekommen ... Wo ist die Waffe? Was haben Sie mit der Waffe gemacht?«
Steve zwang seine Gedanken in die Gegenwart und betrachtete den Sonnenaufgang, ohne ihn zu sehen.
»Dieses Testament!« Er hämmerte mit der Faust auf die Stuhllehne. »Wie hätte mir je träumen können, daß sie ein solches Testament macht!«
»Sie tat es, weil du sie aus dem Meer geholt hast. Du hast ihr das Leben gerettet.«
»Ich habe ihr nicht das Leben gerettet! Sie hätte allein herauskommen können, wenn sie nicht solche Angst gehabt hätte. Man kann nicht dasitzen und zuhören, wie nur wenige Meter entfernt eine Frau um Hilfe ruft, ohne dann sofort aufzustehen und ihr zu helfen. Ich habe ihr nicht das Leben gerettet.«
»Aber sie dachte es.«
Steve ließ eine Art Stöhnen hören. »Ein solches Testament! Wenn sie es mir gesagt hätte, hätte ich sie davon abgehalten; ich hätte sie zur Vernunft gebracht. Ich glaube, es gibt in ihrem Leben nichts, was sie mir nicht

erzählt hat. Aber daß sie mich in ihrem Testament an Henrys Stelle begünstigen wollte, hat sie mir nie gesagt!«

Fran faßte Steves braungebrannte Hand. »Denk nicht mehr daran. Sie konnte es nicht wissen.«

»Wer hat es denn getan? Sie erzählte mir, daß sie hier keine Menschenseele kannte, als sie mit Henry für den Winter herkam. Sie sagte, Henry habe ihr diesen Ort vorgeschlagen. Sie schien sogar erfreut, daß es hier so nett war, als wäre das Henrys Verdienst. Aber hier ermordet doch niemand einen fremden Menschen einfach so.«

»Steve, es saß wirklich ein Mann am Swimmingpool! Als ich durch die Hecke kam und er mich sah, sprang er hoch und eilte zum Strand. Man will es mir nur nicht glauben.«

»Scott denkt, du hättest das bloß erfunden, um mich zu schützen. Und ehrlich, Fran, wenn es ein Einbrecher war und er sie getötet hat, hätte er sich dann gemütlich hingesetzt und geraucht? Wäre er nicht so schnell wie möglich verduftet?«

»Vielleicht nicht«, meinte sie eigensinnig. Plötzlich fragte Fran: »Ist es viel Geld, Steve? War sie sehr reich?«

Seine sorgenvollen Augen suchten ihren Blick. »Wie soll ich das wissen? Vielleicht. Mit ein paar Cents verbringt man den Winter nicht in einem solchen Hotel.«

Von ein paar Cents kann man auch nicht leben. Fran seufzte. Doch dann dachte sie an die reichlichen Mahlzeiten, die Mr. Brenn ihnen geben ließ, und an das stetig wachsende Sümmchen Geld, das sie zurücklegen konnte, und wie dankbar sie nicht allein dafür war, sondern auch für die Möglichkeit, den Winter im Süden verbringen zu können. Es war wie ein Märchen,

verglichen mit dem letzten Winter in New York, wo sie für ein riesiges Großhandelsunternehmen als Mannequin gearbeitet hatte, dem Kampf gegen die nassen, hustenden Massen in der Untergrundbahn beim Versuch, die Miete für ihre Einzimmerwohnung bezahlen zu können. Sie war zwar kein Starmannequin, aber das hier war besser; das war der reinste Luxus. War es bis vor ein paar Stunden jedenfalls gewesen, bis ein grauenvoller Alptraum die Wirklichkeit in ein Zerrbild verwandelte. »Man wird die Waffe schon noch finden«, sagte sie. »Du hattest doch nie eine.«
»Wie kann ich irgend etwas beweisen, solange die Waffe nicht gefunden wurde? Und der Mörder ließ sie natürlich für immer verschwinden.« Steve nickte in Richtung des Meeres mit dem endlos schönen Strand, wo man jede Waffe leicht vergraben konnte. »Außerdem kenne ich mich im Umgang mit Waffen aus. So war es jedenfalls, bevor ich mich in einen Tänzer verwandelte.«
Er ärgerte sich über sich selbst, haßte seinen Job, und Fran war ein Teil dieses Jobs. Das war ja gerade das Problem. Stundenlang probten sie in dem großen leeren Raum, den Mr. Brenn ihnen im Clubhaus überlassen hatte. Sie tanzten, dachten sich komplizierte Schritte aus zu endlos wiederholten Melodien. Sie stellten Unterrichtspläne auf. Sie waren nie ohne des anderen Gesellschaft. Und es war alles so sachlich, ohne jede Romantik.
»Sie ging vor der Pause«, sagte Steve. »Ich bin sicher, denn als ich die Garderobe verließ und die Zigaretten aus der Tasche nehmen wollte, fand ich ihr Abendtäschchen, und während des nächsten Tanzes suchte ich sie, um es ihr zu geben. Aber ich habe sie nicht weggehen sehen.«
Bis jetzt war niemand gefunden worden, der gesehen

hatte, wie Miss Halsey das Clubhaus verließ. Dabei hatte die Pause sieben Minuten gedauert. »Genügend Zeit«, wie Captain Scott sagte. Genug, um in die Suite von Miss Halsey zu eilen – und wieder zurückzukehren. Steve hatte also nicht bei Fran in der Garderobe gewartet? Warum nicht? War er währenddessen zu Miss Halseys Suite gegangen?
Zeit genug hätte er auf jeden Fall gehabt. Sieben Minuten. Steve hatte ein Motiv. Und Fran – seine Tanzpartnerin – hatte die ermordete Miss Halsey gefunden.
Plötzlich sagte Steve: »Ich muß etwas unternehmen, aber ich weiß nicht was. Würdest du den Mann im Regenmantel wiedererkennen?«
»Ich bin nicht sicher. Vielleicht.«
»Es besteht eine gewisse Möglichkeit, daß er etwas gesehen hat ... Oder gar den Schuß hörte. Wenn wir ihn finden könnten ...« Steve fuhr hoch. »Wer ist das?«
Auch Fran wandte sich um. Eine seltsame Gestalt kam den Strand entlang, ein Mann mit glänzender Glatze und großen, glitzernden Brillengläsern; ein großer, sehr magerer Mann in einem knallbunten Sporthemd und Shorts.
»Den habe ich noch nie gesehen. Ist das der Mann?« fragte Steve.
Ein einziger Blick genügte. »Nein«, antwortete Fran.
Die eher auffallende Gestalt verschwand hinter dem Pier. Dann stieg er die Stufen vom Strand zum Pier hinauf, sie hörten seine schweren Füße auf den Holzbrettern. Allmählich kam er in Sicht, und dann stapfte er direkt auf sie zu. »Schöner Morgen heute – gut für einen Spaziergang. Mein Name ist Abernathy.«
Der neue Gast. Automatisch stellte Fran vor: »Ich bin Fran Allen. Das ist Steve Greene.«
Seine Brillengläser funkelten von ihr zu Steve und wieder zurück. »Ah, Miss Allen! Die junge Dame, die

Miss Halsey gefunden hat. Schrecklich. Furchtbarer Schock. Leider bekam ich nur eine ziemlich verstümmelte Version dieser Tragödie zu hören. Es heißt, es gäbe keinerlei Anhaltspunkte. Das kann nicht stimmen. Es muß etwas geben. Wo ein Mord passiert ist, gibt es auch einen Beweis.« Er nickte Steve zu wie ein übergroßer Vogel und plapperte weiter. »Soviel ich verstanden habe, hat sie bei Ihnen Tanzstunden genommen, junger Mann. Sie hat doch sicher etwas gesagt. Frauen reden doch immer.«
Steve ließ sich nie zu Unhöflichkeiten hinreißen, auch nicht unter noch so provozierenden Umständen. Diesmal jedoch hielt er sich nicht zurück. »Sie sagte mir nicht, daß man sie ermorden würde.«
Mr. Abernathy funkelte. »Nun ja – gewiß, Mr. Greene. Aber darf ich fragen ... Mein Interesse ist rein akademisch – ich dachte nur, sie hätte vielleicht mehr oder weniger vertraulich zu Ihnen gesprochen.« Er hüstelte leicht. »Ich wollte sagen, während all dieser Tanzstunden ...«
Steve machte eine unmißverständlich ärgerliche Bewegung.
Mr. Abernathy sagte schnell: »Jedermann spricht davon, wissen Sie. Es ist nicht zu überhören. Hat sie je den Namen *Barselius* erwähnt?«
»Was?«
»*Barselius*. Das ist – oder war vielmehr – ein Schiff. Ein Vergnügungskreuzer in den frühen dreißiger Jahren. Eine Miss Halsey zählte zu den Passagieren. Ich ebenfalls.« Mr. Abernathys Brille glitzerte wieder in der Sonne. »Ich fragte mich – aus reiner Neugier – ob es wohl die gleiche Miss Halsey war.«
Mr. Abernathy nickte kurz, trat zur Seite und schlurfte den Pier entlang, schlug den Weg durch die Hecken ein und verschwand schließlich.

Eine Welle spülte langsam den Strand hoch und glitt ebenso langsam wieder zurück. Fran sagte: »Hat sie jemals so etwas...?«
»Ich kann mich nicht erinnern. Vielleicht. Sie erzählte von ihren Reisen. Ich habe die halbe Zeit nicht hingehört.« Er schwieg, zog die Brauen hoch und zuckte schließlich die Schultern. »Er ist bloß neugierig. Bildet sich ein, er hätte sie womöglich gekannt. Komm, gehen wir hinein.«
Das Hotel sah im Morgenlicht friedlich aus, die Mauern der beiden Flügel waren blendendweiß, die Terrassen und die grünen Vorhänge kühl und ordentlich. Auf halbem Weg rief jemand: »Steve, Liebling!« und Nanette kam über den Rasen gerannt. »Ich habe dich gesucht... Du meine Güte, Fran, du siehst schrecklich mitgenommen aus!«
Das tat sie zweifellos, ärgerte sich Fran. Nanette Boyer war immer herausgeputzt bis auf die Spitzen ihrer rotlackierten Fingernägel und gepflegt bis zum letzten blonden Haar.
»Ich mag jetzt nicht reden, Nanette«, erklärte Steve. »Ich bin die ganze Nacht aufgewesen und Fran ebenfalls.«
»Ich weiß. Darüber wollte ich gerade mit dir sprechen. Glauben sie, daß Henry es getan hat?«
»Nein«, entgegnete Steve. »Er hat ein Alibi. Bis gleich, Fran.«
Er ging hinüber zum Clubhaus.
Nanette ließ einen raschen Blick über den sonnigen Rasenplatz gleiten, ehe sie sagte: »Fran, weiß die Polizei, daß ich – eh – aus Middletown bin? Du verstehst. Die Halseys wohnen dort.«
Fran starrte sie an. »Hast du sie gekannt, bevor du hierherkamst?«
Nanette befeuchtete sich die Lippen. »Nun, ich...«

Angst stand plötzlich deutlich in ihren Augen. »Hör zu, Fran. Dir kann ich vertrauen. Ich habe die ganze Nacht kein Auge zugetan. Ich...« Sie schluckte schwer. »Ich war mit Henry verlobt. Deshalb bin ich hier. Er hat mich dauernd hingehalten. Er besaß nicht einen Cent außer dem, was seine Tante ihm gab. Ich wurde es müde zu warten und beschloß, eine Entscheidung zu provozieren. Ich kam hierher, und Miss Halsey befahl ihm, die Verlobung aufzulösen. Aber ich habe sie nicht...« Sie warf einen seitlichen Blick zu Miss Halseys Suite hinauf. »Das hätte ich nie getan! Zudem...«
Ein triumphierendes Lächeln zeigte sich auf ihrem Gesicht. »Zudem gibt es jetzt den Senator.« Sie machte eine Pause, sah auf Fran und erklärte unumwunden: »Aber wenn mich die Polizei da hineinzieht, ausgerechnet jetzt – dann ist's aus mit der lieben Nanette. Sie wird nie Frau Senator werden. Er stellt sich dieses Jahr zur Wahl. Bis jetzt war er als Ersatzmann für einen Kollegen eingesprungen; diesmal jedoch muß er selbst gewählt werden. Miss Bude mag mich nicht besonders, und wenn es die Polizei weiß – dann hat sie ein Argument, verstehst du? *Weiß* die Polizei von mir und Henry?«
»Sie finden es bestimmt heraus. Am besten sagst du es ihnen selbst«, erwiderte Fran knapp.
Nanettes Hände packten Frans Arm. »Wenn du mir versprichst, daß du ihnen nichts davon erzählst, dann tue ich auch etwas für dich. Dann erzähle ich nicht, daß ich sah, wie du gestern um halb zwölf in Miss Halseys Suite gegangen bist.«
»Dort war ich doch gar nicht! Du kannst mich nicht gesehen haben.«
»Ich war am Pier, dort drüben, wo der Weg in die Hekken verschwindet. Ich wartete auf den Senator. Wir

wollten uns am Pier unten treffen, und ich sah dich unten an der Treppe, dort wo das Licht ist. Ich sah dein schwarzes Kleid, aber ich werde der Polizei nichts davon sagen, wenn du ... Oh!« sagte Nanette mit einer ganz anderen, sehr höflichen Stimme. »Guten Morgen, Miss Bude.«
Fran fuhr herum. Miss Alice Bude ging still neben ihnen über den Rasen, erwiderte in eisigem Ton »Guten Morgen« und ging weiter, von ihrer hohen Nasenbrücke bis zum Rascheln ihres gelben Seidenkleides ein einziger Ausdruck hochmütiger Verachtung.
Nanette zischte. »Warte nur, bis ich Frau Senator bin. Die werde ich schnell los!« Dann kehrten ihre Augen zu Fran zurück. »Es ist also abgemacht!«
»Nichts ist abgemacht. Du kannst mich nicht ...«
Aber Nanette war schon weg, folgte dem Weg hinter Miss Bude, jede Bewegung ihres anmutigen Körpers eine Herausforderung. Fran begann ihr nachzueilen, dachte aber dann müde: *Soll sie doch!* und ging auf ihr Zimmer. Nanette war also mit Henry verlobt gewesen. Falls Nanette Henry Halsey immer noch gern geheiratet und Miss Halsey die Verbindung vereitelt hätte, dann hätte auch Nanette ein Motiv. Aber sie wollte Henry ja gar nicht mehr. Ihr Ziel war jetzt ganz offensichtlich Senator Bude.
Fran ging durch den tunnelartigen Durchgang und bog an der Außentreppe, die zum Korridor neben ihrem eigenen Zimmer führte, scharf ab. Sie würde der Polizei nichts von Nanette und Henry erzählen; die würden ohnehin von selbst draufkommen. Es war töricht von Nanette, sie mit dieser absurden Geschichte von einem schwarzen Kleid zu bedrohen. Miss Halsey hatte schwarze Spitzen angehabt. Wenn sie jemanden gesehen hatte, dann war es Miss Halsey gewesen. Alles führte immer wieder zu Miss Halsey.

Was hatte die sanfte, nette Miss Halsey gegen Nanette gehabt?
Fran fiel ins Bett, aber natürlich konnte sie nicht schlafen. Ihr schien, sie wälze immer noch den gleichen Gedanken, als sie hörte, daß jemand an die Tür trommelte und ihren Namen rief. Die Nachmittagssonne schien ins Zimmer, und der Wecker zeigte halb vier.
Finial stand vor der Tür. »Ich bringe Ihr Mittagessen, Miss Allen. Und Mr. Brenn wünscht Sie zu sehen.«

»Kommen Sie herein, Fran«, rief Mr. Brenn zwanzig Minuten später. Er saß am Schreibtisch, ihm gegenüber saß Captain Scott, beide Männer wirkten erschöpft. Jane, die Telefonistin, nickte Fran kurz zu und stöpselte irgendeinen Anruf. Mr. Brenn blätterte in einem Stapel Unterlagen aus einem Aktenschrank und sagte: »Das ist alles. Gäste, Kellner, Zimmermädchen, alle.«
»Und kein einziger weiß etwas. Oder gibt es zu«, ergänzte Captain Scott müde. »Außer diesem Boyer-Mädchen.«
Jane, vor dem Aktenschrank, zwinkerte Fran zu.
»Stammt aus der gleichen Stadt wie die Halseys«, fuhr Scott fort. »War mit dem jungen Halsey verlobt. Er hatte kein Geld. Gibt zu, daß sich seine Tante einer Heirat mit Nanette widersetzte. Sagt, sie meinte, er sollte zuerst einen Job haben, bevor er ans Heiraten dächte. Gibt das alles zu.«
»Vielleicht stimmt's«, sagte Mr. Brenn. »Auf jeden Fall hat Miss Boyer ein Alibi.«
Frans Herz tat einen seltsamen Sprung. *Alibi? Nanette hatte doch gesagt, sie sei am Pier gewesen, um auf den Senator zu warten. Sie war folglich allein. Wie lange?*
Mr. Brenn beantwortete ihre unausgesprochene Frage. »Der Oberkellner sah, wie sie den Speisesaal während

der Pause verließ. Er sagte, sie sei etwa fünf Minuten später zurückgekommen und habe ihn gebeten, dem Senator zu sagen, daß sie auf ihn warte. Er habe aber sehr viel zu tun gehabt und sei erst nach ein paar Minuten dazugekommen. Er sagt, sie habe tatsächlich solange gewartet. Nachdem er mit Bude gesprochen habe, sei dieser gleich zu ihr gegangen, und er hörte ihn zu Miss Boyer sagen, er habe gar nicht gemerkt, wie spät es sei, und dann seien sie zusammen weggegangen.«

»Bleiben fünf Minuten zu erklären«, brummte Captain Scott mißmutig, »vorausgesetzt, der Oberkellner ist genau. Von da an, bis Miss Halsey gefunden wurde, liefert ihr der Senator ein gültiges Alibi.«

Hatte ihnen Nanette ihre absurde Geschichte erzählt? Daß sie Fran in ihrem schwarzen Kleid auf dem Weg zu Miss Halseys Suite gesehen hätte? Fran wurde eng um den Hals.

Dann sagte Mr. Brenn: »Also, Fran, ich möchte Ihnen genau erklären, wo wir stehen.«

Sie haben jeden einzelnen im ganzen Hotel befragt. Niemand hat einen Unbekannten oder Herumtreiber auf dem Hotelgelände gesehen. Niemand – bei diesen Worten faßte Captain Scott Fran fest ins Auge – hat einen Fremden beim Swimmingpool herumlungern sehen. Niemand wußte etwas von einer Waffe.

Niemand hat die Halseys, Tante oder Neffe, vor ihrer Ankunft im Hotel gekannt – »außer Miss Boyer«, schaltete sich Mr. Brenn schnell ein. Sie stellten keine Beziehung zwischen irgendeinem der Gäste (abgesehen von Henry Halsey selbst und natürlich Nanette) und Miss Halsey fest. Sie hatten nicht einmal genau abklären können, um welche Zeit Miss Halsey das Clubhaus verlassen hatte und dann in ihre Suite gegangen war. Irgendwann nach elf. »Der Kellner hat es nicht bemerkt. Mrs. Lee war so beschäftigt, daß sie es nicht beachtete.«

»Zu beschäftigt, um die Bar genau im Auge zu behalten«, unterbrach Captain Scott. »Vielleicht war Henry während der ganzen Zeit überhaupt nie dort gewesen. Es hätte nicht sehr lange gedauert, in ihre Suite zu gehen, sie umzubringen und zurück in die Bar zu eilen. Ich weiß nicht, ob Henry in bezug auf dieses Testament die Wahrheit sagte oder nicht. Vielleicht ist er nicht ganz so sicher wie er vorgibt, daß sie es nicht doch so lassen wollte wie es war. Damit hätten wir ein Motiv«, schloß er zögernd.

Mr. Brenn seufzte und fuhr fort. Sie haben mit der Polizei in Halseys Wohnort telefoniert und von dort nicht nur einen ausführlichen Bericht über die Halseys, sondern auch über Miss Boyer erhalten. Miss Halsey war in Middletown sehr geschätzt worden, hatte ihr ganzes ruhiges Leben dort verbracht, außer wenn sie auf Reisen war. Sie hatte Henry, den schon im frühen Kindesalter verwaisten Sohn ihres Bruders, aufgezogen. Miss Boyer lebte ebenfalls in Middletown; sie arbeitete in der Kosmetikabteilung eines der Warenhäuser.

Hier schaltete sich Captain Scott abermals ein. »Wie kam sie zu all diesen modischen Kleidern?«

»Das hat sie erklärt«, gab Mr. Brenn zur Antwort. »Sie gab alles, was sie gespart hatte, für diese Reise aus.«

Fran empfand fast so etwas wie Sympathie für Nanette – alles auszugeben für einen letzten Versuch, Miss Halsey zu erobern. Und vielleicht auch Henry. Zwei Jahre – er hatte es mit einer Heirat nicht gerade eilig.

Mr. Brenn fuhr fort: »Wir haben zuerst den jungen Halsey und anschließend Miss Boyer befragt. Als sie hörte, daß uns Henry ihre Verlobung gestanden hatte, und daß sie aufgelöst wurde, weil seine Tante dagegen war, gab sie das ebenfalls zu.«

»Henry behauptet, er habe wegen Nanette mit seiner Tante keinen Streit gehabt«, ergänzte Captain Scott. »Die Tante habe ihm erklärt, zuerst müsse er einen Job haben, bevor er ans Heiraten denken könne, aber es macht doch eher den Eindruck, als wäre Henry froh gewesen, Nanette wieder loszusein. Und es ist ganz offensichtlich, daß sie jetzt hinter dem Senator herrennt.« Dann höhnte er: »Der Senator deckt natürlich ihr Alibi. Aber ich finde, sie sollte sich besser an Henry halten. Der ehrenwerte William sieht mir nicht wie ein Heiratskandidat aus. Reich, prominent – der heiratet kein Mädchen wie...«
»Warum eigentlich nicht?« warf Mr. Brenn unerwartet ein. »Das gäbe ein bißchen Betrieb.« Dann besann er sich und blickte ernst auf Captain Scott. »Der Senator ist sehr geachtet.«
»Nun zu Ihnen, Miss Allen«, knurrte Captain Scott. »Seit wann kennen Sie diesen Burschen, Steve Greene?«
»Seit ein paar Wochen, bevor wir hierherkamen. Wir besuchten die gleiche Tanzschule.«
»Und Sie mögen ihn gern?«
»Sicher. Wir arbeiten zusammen.«
»Jedermann hier ist der Meinung, daß Sie beide ziemlich verliebt ineinander sind.« Schuld daran sei die romantische Stimmung, die sie durch ihre Tanzdarbietung schaffen! Mr. Garden nannte es taktvoll: »Den Zuschauern das Gefühl zu geben, jung und verliebt zu sein.«
»Wir sind nicht verliebt ineinander«, erklärte Fran sachlich.
»Die Leute denken es aber. Er braucht Geld, nehme ich an?«
»Natürlich braucht er Geld. Deshalb ist er hier. Deshalb arbeitet man schließlich.«

»Warum hat er Sie in die Suite von Miss Halsey geschickt? Erzählen Sie Ihre Geschichte noch einmal.«
Die gleichen Fragen; die gleichen Antworten.
Als man sie endlich gehen ließ, schlenderte Fran langsam den Weg zum Pier hinunter, um dort vielleicht Steve zu finden. Er war nicht da; der Pier und der ganze lange Strand waren menschenleer. Die Wellen spielten mit dumpfem Murmeln den Strand hoch und glitten wieder zurück. Weit vor der Küste draußen pflügte sich ein Frachtschiff im Licht der untergehenden Sonne seinen Weg nach Miami oder Kuba.
Es war immerhin ein kleiner Trost, daß Nanette ihre Drohung offensichtlich nicht wahrgemacht und ihnen nicht erzählt hatte, sie hätte Fran in ihrem schwarzen Kleid am Treppenaufgang zu Miss Halseys Suite gesehen. Warum nicht? Das war klar. Der Senator hatte sich kameradschaftlich als Nanettes Retter erwiesen, dabei war das gar nicht nötig gewesen.
Es bestehe keine Beziehung zwischen irgendeinem Gast und Miss Halsey, hatte Mr. Brenn gesagt. Mit Ausnahme natürlich von Henry. Und über ihn von Nanette. Und von Steve, weil sie ihn zu ihrem Erben eingesetzt hatte. Und von Fran, weil sie Steves Tanzpartnerin war.
Plötzlich erinnerte Fran sich an Mr. Abernathy, den neuen Gast, der am späten Nachmittag vor dem Mord eingetroffen war. Und der gelogen hatte! Die Polizei hatte alle Gäste befragt, und niemand hatte zugegeben, daß Mr. Abernathy Miss Halsey möglicherweise schon vor ihrem Aufenthalt im Hotel gekannt hatte. Aber Abernathy *hatte* sie gekannt und deshalb Fran und Steve nach einem Passagierkreuzer, den es vor zwanzig Jahren einmal gegeben hat, ge-

fragt. Konnte ein Zusammenhang mit diesem Schiff der Grund für den Mord sein? Nach so vielen Jahren? Das war wenig wahrscheinlich.
In der Nähe rauchte jemand eine Zigarette, vielleicht schon eine Weile, ehe Fran den Tabakgeruch wahrgenommen hatte. Sie schaute zurück auf den Weg. Niemand kam aus dieser Richtung. Sie dachte, daß Steve vielleicht in einem der Strandstühle direkt unter dem Pier saß und von ihrem Platz aus nicht sichtbar war. Sie ging hinüber und blickte hinunter. Ein Mann war dort und rauchte.
Es war nicht Steve. Es war ein eher kleiner Mann mit einer ziemlichen Glatze, die er mit dem restlichen dunklen Haar zu verdecken suchte. Er trug ein Sporthemd und eine reichlich schmuddelige weiße Hose. Während Fran ihn beobachtete, warf er die Zigarette weg, sah zu den Stufen, die vom Pier zum Strand hinunterführten, schien zu seufzen und ging schließlich in nördlicher Richtung den Strand entlang.
Fran rannte die Holztreppe hinunter und hinter ihm her.
Die Bewegung, mit der er die Zigarette weggeworfen hatte, sowie etwas Gewisses an seiner Haltung und seinem Gang kamen ihr plötzlich bekannt vor. Das war doch der Mann im Regenmantel, der in der Nacht zuvor vom Swimmingpool weggeeilt war, als er sie kommen sah.
»Warten Sie«, rief sie. »Bitte, warten Sie...«
Er fuhr herum und sah ihr entgegen. Er hatte ein blasses Frettchengesicht, hart und abweisend, und einen verschlagenen Blick in den viel zu eng stehenden dunklen Augen. »Ja, Miss?«
Sie eilte über den Sand. »Bitte, warten Sie; ich möchte Sie etwas fragen...« Was fragen? Ob er Miss Halseys Mörder war? Keine geschickte Annäherung. Und für

den Fall, daß er Miss Halsey ermordet hatte, war es keine gefahrlose Annäherung. Fran war zu unüberlegt vorgegangen; aber es war ihr wichtig, ihn aufzuhalten, mit ihm zu sprechen. Ehe sie ins Hotel zurückgelaufen wäre und Mr. Brenn oder Steve oder die Polizei erreicht hätte, wäre er so schnell und spurlos verschwunden gewesen wie in der Nacht zuvor.
Er wartete und beobachtete sie mißtrauisch, als habe er die Absicht, unverzüglich zu verschwinden.
Sie suchte nach Worten und stotterte: »Ich habe Sie letzte Nacht schon einmal gesehen, oben beim Swimmingpool – und ...«
»Nein, Miss.« Er machte kehrt.
»Warten Sie, bitte«, beschwor sie ihn. »Ich wollte Sie nur fragen, ob Sie jemanden gesehen haben, während Sie am Swimmingpool saßen ...« Sie hielt inne. Der Strand war leer, viel zu leer. Der Pier und die Hecke deckten ihn gegen das Hotel ab. Niemand spazierte um diese Stunde, kurz vor dem Abendessen, hier herum. Angenommen, der Fremde verschwand wieder, und diesmal endgültig?
Er schaute sie verstohlen an. »Ich denke, Sie haben mich mit jemandem verwechselt, Miss.«
Er sprach mit einem leichten Akzent. Cockney? Und in seinem Benehmen war so etwas Unterwürfiges. Dabei wandte er sich abermals zum Gehen.
Verzweifelt stieß sie hervor: »Nein, bitte, bleiben Sie. Wissen Sie, letzte Nacht ist – ist etwas passiert.«
»Ja, und?« Seine Augen gaben nicht das geringste Zeichen des Verstehens. Dabei hatte die Nachricht vom Mord bestimmt in allen Zeitungen gestanden; jedermann mußte davon gesprochen haben. Sie riskierte einen zweiten Vorstoß. »Eine Frau ist ermordet worden, und ich sah Sie dort am Swimmingpool und dachte, Sie hätten vielleicht jemanden gesehen.«

»Ich weiß nichts von einem Mord, Miss«, fiel er ihr ins Wort. »Bei mir sind Sie total falsch.«
»Warten Sie! Ich werde mich erkenntlich zeigen, wenn Sie mit mir ins Hotel kommen und...«
In seinem Frettchengesicht schien es zu arbeiten. »Wieviel?« Seine Augen glitten an ihr vorbei und hinauf zum Pier, wo sie kurz verweilten. Dann sagte er hastig: »Ich habe nichts mit Mord zu tun«, drehte sich um und eilte wie eine Krabbe über den Sand davon.
Eine heranrollende Welle übertönte ihren Vorschlag. »Morgen früh. Sie brauchen nicht zum Hotel zu kommen. Ich treffe Sie hier.« Sie hätte nicht sagen können, ob er sie gehört hatte oder nicht.
Dann ging sie zurück zum Pier. Sie würde es Mr. Brenn erzählen. Jetzt konnte sie den Mann endlich beschreiben; die Polizei würde ihn aufgreifen. Sie rannte die Treppe hinauf, und dann begriff sie, warum er es so eilig gehabt hatte; Senator Bude, seine Schwester und Henry Halsey standen auf dem Pier. Obwohl die Gestalt in den schmuddeligen Hosen sich eilend immer weiter entfernte, stieß Fran gewissermaßen einen Seufzer der Erleichterung aus. Dann erst bemerkte sie, daß man sie neugierig ansah.
Miss Bude fragte: »Was ist los, Miss Allen? Und wer ist dieser merkwürdige Mann?«
Womöglich hatten die die ganze Begegnung gesehen, wenn nicht gar gehört. Sie hielt den Atem an. »Nichts Besonderes – jemand, der am Strand spazierte.«
Der Senator, flott und lächelnd, meinte freundlich: »Sie sollten nicht mit solchen Leuten sprechen, Miss Allen – ein hübsches Mädchen wie Sie. Sie sehen wirklich ganz verängstigt aus.« Dann ein Blick auf die elegante Uhr an seinem plumpen Handgelenk. »Ich denke, ich nehme noch einen Drink vor dem Abendessen. Machen Sie mit, Halsey?«

Henry, der unverwandt und mit einem seltsamen Blick auf Fran gestarrt hatte, fuhr leicht zusammen. »O ja, danke – gewiß.«
Miss Bude streckte eine Hand aus. »Aber William ...«
»Ich sehe dich beim Dinner, meine Liebe«, sagte der Senator höflich.
Die beiden Männer verschwanden auf dem Weg durch die Hecken, der Senator beleibt, dennoch leichtfüßig, gefolgt von Henry, der daneben noch kleiner und zarter schien.
Miss Bude begleitete Fran eine Weile mit den Augen. Sie war vielleicht zehn oder zwölf Jahre älter als der Senator und sah mit ihrem gepflegten grauen Haar und dem strengen faltigen Gesicht auch entsprechend aus. Als die beiden Männer verschwunden waren, wandte sie sich unverhofft lächelnd an Fran und schlug vor: »Setzen wir uns doch ein Weilchen, einverstanden? Ich finde, die Stunde des Sonnenuntergangs ist immer am schönsten. Was meinen Sie?«
Aber Fran hatte das Gefühl, sie müßte eilen, um Mr. Brenn von dem Mann im Regenmantel zu erzählen. »Es tut mir leid ...«
»Oh, laufen Sie nicht gleich weg. Sie hatten bestimmt einen furchtbaren Tag, Sie armes Kind. Diese ganze Fragerei nach der schrecklichen Geschichte letzte Nacht.«
Die Sonne war viel zu rasch untergegangen. Schlagartig und in Sekundenschnelle waren Licht und Glanz verschwunden, und gleich darauf, wie üblich in den Tropen, begann es dunkel zu werden. Der Wechsel war so plötzlich und auffallend, daß er etwas Geheimnisvolles und Erschreckendes an sich hatte.
Angenommen, der Fremde kam nun tatsächlich zurück und eilte durch das hügelige Buschwerk hinter dem Strand?

»Ich muß Mr. Brenn sehen«, erklärte Fran und ging auf den Weg zu.
Miss Bude ging mit. »Es ist tatsächlich schon spät. Zeit, sich zum Abendessen umzuziehen.«
Doch im Büro sagte Jane, Mr. Brenn sei mit den Polizisten weggefahren. Wohin, wußte sie nicht. »Er läßt Ihnen und Steve sagen, Sie sollten heute abend tanzen wie gewöhnlich. Macht weiter, waren seine Worte.«
Miss Bude fragte nach ihrer Post. Der kleine Frettchenmann mußte schon sonstwo verschwunden sein. Aber Fran konnte seine Existenz jetzt immerhin beweisen. Drei Personen außer ihr selbst hatten ihn gesehen. Sie ging in ihr Zimmer und zog eines ihrer Tanzkleider an...
Sie tanzte, Steve tanzte, immer mit Gästen; das war ihre Aufgabe. Sie hatte lange keine Gelegenheit, Steve von ihrer Begegnung mit dem Mann im Regenmantel zu erzählen. Senator Bude wirbelte sie wie wild durch einen Walzer und schien nicht zu spüren, daß er mit einem Schuh auf ihrer Fußspitze gelandet war.
»Wunderbar«, erklärte er mit jovialem Lächeln.
Sie enthielt sich ihrer Meinung. Der Ehrenwerte William winkte zu einem Tisch hinüber, wo Miss Alice Bude und Nanette Boyer saßen und dort in offensichtlich bestem Einvernehmen auf seine Rückkehr warteten. Nanette schickte ihm mit Fingerspitzen grüßend ein Küßchen.
»Reizendes Mädchen«, lobte der Senator Bude ziemlich lustlos. »Danke für den Tanz, meine Liebe.« Er drückte leicht ihren Arm und ging wieder zu seiner Schwester und Nanette.
Es wurde Zeit für den Schautanz. Fran ging in ihre kleine Garderobe und war gerade dabei, ihre Ballettschuhe zu schnüren, als Steve hereinkam.

»Oh, Steve, ich habe ihn gesehen. Den Mann im Regenmantel.«
»*Wo?*«
Sie erzählte hastig, während das Orchester schon die einleitenden Takte zu ihrem ersten Auftritt spielte.
»Dann ist er also wieder verschwunden?«
»Ich glaube, er hatte Angst. Aber morgen früh – vielleicht kommt er zurück.«
In der Pause wurden sie in der Garderobe von Captain Scott erwartet. »Ich wollte mir nur die genauen Zeiten notieren.« Weiter sagte er nichts und sah auf seine Uhr. Das Orchester setzte wieder ein.
Es gab keine Gelegenheit mehr zu sprechen. Doch während des letzten Walzers, ihrer Schlußnummer, sagte Steve plötzlich: »Ich habe ebenfalls eine kleine Neuigkeit.« Er drehte sie an den Fingerspitzen um sich herum. Dann kehrte sie zurück in seine Arme. »Triff mich unten am Pier.« Schon folgte ihre tiefe Beugung, und mit wirbelndem Rock lehnte sie sich zurück über seinen Arm. Seine Wange berührte ihre Wange. »Es ist nicht viel. Mach dir keine Illusionen.«
Sie standen nebeneinander und verbeugten sich wieder und wieder, und damit war ihre Arbeit für diese Nacht getan. Captain Scott stand noch immer in der Garderobe.
Fran ließ Steve und den Captain allein und eilte in ihr Zimmer. Sie wechselte in ein weißes Baumwollkleid, ergriff ein Wolljäckchen und ging zum Pier hinunter.
Es war wiederum eine dunkle Nacht, der Himmel war bedeckt, es war ruhig und warm, und die Wellen spülten sanft über den Strand. Steve war noch nicht dort. Möglich, daß ihn Scott zurückgehalten hatte und noch weiter befragte.
Sie setzte sich auf einen Stuhl unweit des Wegs durch die Hecken. Sie wartete lange fünf Minuten, vielleicht

zehn. Man hörte nichts außer dem Murmeln des Wassers, keine Schritte auf dem Pier und keine auf dem Weg. Und falls dicht hinter ihr ein Rascheln war, hatte sie es nicht bewußt wahrgenommen. Trotzdem mußte sie plötzlich eine Bewegung gespürt haben, etwas in ihrer Nähe, denn sie drehte sich um, wollte aufstehen – da vereinigten sich die schwarze Nacht und das Meer in einem heftigen Schmerz, und dann war nichts mehr ...

Nichts außer einem eigenartig salzigen Geschmack in ihrem Mund. Nichts außer Dunkelheit und Kälte und dem Gefühl von längst vergangener Zeit. Ihr Gesicht rieb gegen den Sand. Hände auf ihrem Rücken zwangen sie zu langen Atemzügen – ein, aus, ein, aus. Ihr Haar und ihre Kleider waren naß und kalt, als wäre sie geschwommen. Es war Steve, der ihre Rippen bearbeitete in einem regelmäßigen Auf und Ab; künstliche Beatmung nannte man das doch. »Liebling!« sagte er heiser.

Liebling? dachte sie. Und hustete und würgte und setzte sich auf ...

Nicht daß Mr. Brenn die Hände rang, aber er sah aus, als hätte er nichts lieber getan. Der Arzt gab ihr eine riesengroße Kapsel und sagte, sie sei wieder in Ordnung. Captain Scott sagte auf höchst argwöhnische Weise nichts. Das war, nachdem Steve sie ins Hotel und in ihr Zimmer mehr oder weniger getragen hatte und den Arzt, Mr. Brenn, Captain Scott – kurzum alle – gerufen hatte. Es war, nachdem der Arzt Captain Scott erlaubt hatte, ihr Fragen zu stellen, und sie ihm nur sagen konnte, daß jemand in der Hecke hinter ihr gewesen sein mußte. Und daß sie früher am Abend den Mann im Regenmantel gesehen und gesprochen hatte. Steve hatte sie gefunden. Er war zum Pier hinuntergegangen, um auf sie zu warten, als er in der Dunkelheit

schwach den Schein ihres hellen Gesichts und des weißen Kleides wahrgenommen hatte, das sich unweit vom Strand im Wasser bewegte. Ertrinken, heißt es, sei ein leichter Tod – vor allem wenn jemand vorher bewußtlos geschlagen und ins Wasser hinausgeschleppt worden war.
Mr. Brenn meinte: »Es ist der Mann, den sie am Swimmingpool gesehen hat. Er hatte Angst. Er kam zurück und paßte sie ab. Er ist ein Mörder – ein notorischer Totschläger, der ohne Grund tötet ...«
Captain Scott blickte noch skeptischer. »Sie hatten sich mit ihr am Strand verabredet, Greene. Niemand sonst wußte, daß sie dort hinging.«
»Steve holte sie aus dem Wasser«, mischte sich Mr. Brenn ein. »Vergessen Sie das nicht.«
»Richtig. Er hat sie herausgezogen. Mordanschlag durch Held vereitelt. Deshalb hat er's vielleicht getan. Damit er als Held dasteht – und nicht als Mörder.«
Steve machte eine Faust. Mr. Brenn erwischte den Arm, und Fran fuhr hoch, Wärmeflaschen und Wolldecken schlitterten davon. »Das ist nicht wahr. So etwas würde er niemals tun. Es muß der Mann gewesen sein, den ich am Swimmingpool und am Strand gesehen habe. Ich mußte ihn aufhalten. Ich hatte Angst, er würde sonst wieder verschwinden. Es ist die Wahrheit. Senator Bude, seine Schwester und Henry Halsey haben ihn auch gesehen!«
Ihre Stimme war zu hoch und aufgeregt, und der Arzt erklärte entschieden: »Sie können jetzt nicht länger mit ihr sprechen.« Er schickte alle hinaus, alle. Auch Steve.
Liebling, dachte Fran nach einiger Zeit schlaftrunken.
Es war schon fast Mittag, als sie aufwachte. Sie fühlte sich so gut wie neu – mit Ausnahme einer schmerzenden Prellung über der Schläfe. Steve wartete auf sie

und saß auf der unteren Stufe der kleinen offenen Treppe. Fran trank Kaffee und versicherte ihm mehrmals, daß sie nur den Schreck und eine Beule davongetragen hatte. »Es muß der Mann im Regenmantel gewesen sein.«
Steve ließ so etwas wie ein Stöhnen hören. »Fran, warum nur bist du ein solches Risiko eingegangen? Er hätte dich –«
»Ich *mußte* doch! Sonst wäre er womöglich wieder verschwunden. Es könnte doch sein, daß er etwas gesehen hat. Er könnte ein Zeuge sein. Er könnte –«
»Er könnte derjenige sein, der sie ermordet hat.«
»Du sagtest aber doch selbst, daß du das nicht glaubst. Du sagtest, dann hätte er nicht am Swimmingpool gesessen. Du sagtest, er wäre sicher so schnell wie möglich verschwunden.«
»Ich weiß. Aber – jedenfalls hat Scott veranlaßt, daß er gefaßt wird. Er hat die Budes und Henry Halsey befragt, und sie sagten, sie hätten gesehen, wie du am Strand mit einem Mann gesprochen hast. Es war aber nicht nahe genug, daß einer eine brauchbare Beschreibung hätte abgeben können. Scott mußte ihnen glauben. Er hat jetzt am Strand ein paar Männer postiert, falls dieser Fremde heute morgen auftaucht. Aber . . .«
»Aber du glaubst nicht, daß er kommt.«
»Falls er gestern nacht versucht hat, dich zu ermorden, wird er bestimmt nicht kommen. Aber auch wenn er nichts von diesem Mord weiß, wie er sagte – und vielleicht nichts mit der Polizei zu tun haben will –, wird er nicht kommen!«
»Aber Steve«, sagte Fran mit einer leisen und besorgten Stimme, »wenn es letzte Nacht nicht dieser Mann war, wer hat dann . . .?«
»Jemand, der offenbar Angst hat, daß du Beweise hast

gegen Miss Halseys Mörder.« Ein Sonnenstrahl kroch über Steves Gesicht; er sah blaß und abgespannt aus. »Scott meint, daß sich nicht abklären läßt, wo die Gäste des Hotels waren, als du – als es geschah. Wenn er jeden fragen wollte, ob er versucht hat, Fran umzubringen, sagen alle nein. Und Brenn wünscht keinen allgemeinen Auszug aus dem Hotel. Scott auch nicht; er will, daß alle schön dableiben.«
»Was ist mit Mr. Abernathy? Er sagte der Polizei, er habe Miss Halsey nie gekannt. Auf jeden Fall hat er diese Kreuzfahrt nicht erwähnt, und . . .«
»Das ist es, was ich dir letzte Nacht erzählen wollte. Vielleicht ist es nicht von Bedeutung, aber ich habe darüber nachgedacht und versucht, mich daran zu erinnern, ob sie jemals von einer speziellen Kreuzfahrt gesprochen hat. Schließlich ist mir eingefallen, daß sie einmal etwas Komisches sagte, und ich bin zu Abernathy gegangen und . . .«
Es klopfte. »Das ist er«, sagte Steve und ging öffnen.
»Guten Morgen.« Mr. Abernathy wandte sich an Fran. »Ich hoffe, Sie haben sich wieder etwas erholt, Miss Allen. Mr. Greene erzählte mir, was passiert ist. Schreckliche Sache.«
Steve sagte: »Ich habe Fran von dem Schiff erzählt.«
»Ach, ja.« Mr. Abernathy nahm die Brille ab und putzte sie mit dem Zipfel seines losen Sporthemds. »Ich werde mich kurz fassen. Wie ich Ihnen sagte, war die *Barselius* ein Passagierkreuzer. Auf einer ihrer Fahrten brach Feuer aus, sie brannte aus und – einige Passagiere konnten nicht gerettet werden. Ich . . .« Er setzte seine Brille wieder auf und räusperte sich. »Ich war auf dem Schiff. Meine Braut und ich nahmen an dieser Kreuzfahrt teil. Ich kam davon, wie Sie sehen. Martha, meine Braut, leider nicht.«
Fran hielt den Atem an. »Oh, wie furchtbar!«

»Es ist lange her, Miss Allen. An die zwanzig Jahre.«
»Erzählen Sie das mit dem Rettungsboot«, bat Steve.
»Ja. Das war eine sehr unglückliche Situation. Es ist für Sie wahrscheinlich schwierig, sich das alles vorzustellen. Kein Licht, wissen Sie. Und überall Rauch. Martha und ich fanden schließlich ein Rettungsboot, das gerade ausgesetzt werden sollte. Sie sagten, es sei bereits voll. Es könne keine weiteren Passagiere aufnehmen. Wir versuchten, ein anderes Rettungsboot zu finden. Martha – es herrschte Panik, verstehen Sie.«
Er räusperte sich erneut. »Wir wurden getrennt. Ich versuchte, Martha zu finden. Ich dachte, sie sei vielleicht zur Bootsstation zurückgelaufen. Ich kämpfte mich durch. Diesmal befahl mir jemand, in das Rettungsboot einzusteigen, und ich dachte, Martha sei schon drin. Es wurde unverzüglich zu Wasser gelassen. Wir entfernten uns von dem brennenden Schiff.«
Mr. Abernathy schien sich zu fassen. »Um es kurz zu machen: Martha war nicht im Boot. Umkehren konnten wir natürlich nicht mehr. Also kroch ich aus dem Boot. Ich kann nicht schwimmen – jemand zerrte mich wieder hinein. Im Gedränge verlor ich das Bewußtsein.«
Fran streckte die Hand nach Mr. Abernathy aus. Er schien sie nicht zu sehen.
»Als ich wieder zu mir kam, hatten wir das Ufer erreicht. Übrigens gar nicht weit von hier. Es war immer noch dunkel und ein fürchterliches Durcheinander. Ich war nur zeitweise bei Bewußtsein; an einige Gesichter kann ich mich erinnern, nicht an alle. Wir wurden von mehreren Leuten mitgenommen, und mich brachte man nach Jacksonville in ein Krankenhaus; dort mußte ich ein paar Tage bleiben. Mein einziger Gedanke galt natürlich Martha. Die Schiffahrtsgesellschaft war schließlich in der Lage, die Passagierliste

nachzuprüfen. Martha war unter den Vermißten ... Es ist eine traurige Geschichte, die ich Ihnen da erzähle, es tut mir leid ... Es wird Sie jedoch interessieren, daß ich die ganze Liste der Überlebenden mehrmals durchgelesen habe. Unter ihnen waren Miss Halsey, Senator Bude und seine Schwester. Ich brauche Sie nicht darauf hinzuweisen, daß zur Zeit alle drei Gäste dieses Hotels sind – oder waren.«

»Eine Beziehung«, dachte Fran, zerkrümelte ihren Kuchen und vermied es, Mr. Abernathy anzusehen. »Eine Beziehung zwischen den Budes und Miss Halsey. Eine sonderbare und tragische Beziehung zwischen Mr. Abernathy und Miss Halsey.«

»Ich kam zu folgendem Schluß«, richtete nun Steve sich an Fran. »Ich glaube, Miss Halsey hat einen der Passagiere von damals erkannt. Als sie einmal während einer Tanzstunde drauflosplauderte, meinte sie, es sei doch erstaunlich, wie oft man Menschen begegnet, die man einmal ganz woanders gekannt hatte, und daß sie dächte, sie hätte jemanden wiedererkannt, der sich mit ihr vor mindestens zwanzig Jahren auf einer Kreuzfahrt befand. Ich bin nicht sicher, ob sie die *Barselius* erwähnt hat. Aber ich weiß, daß sie sagte, es wäre natürlich nicht nett, jemanden an ein so furchtbares Erlebnis zu erinnern. Das ist alles. Sie sagte nicht, wer es war, und ich hörte auch nicht richtig zu. Ich hätte nie mehr daran gedacht.«

»Es mußte ein Familienmitglied der Budes sein«, überlegte Mr. Abernathy. »Ich habe die Gästeliste des Hotels durchgesehen. Die andern Namen sind mir alle nicht bekannt. Es würde mich nicht wundern, wenn der Senator und Miss Bude sie ebenfalls erkannt hatten, und ob ...«

»Erzählen Sie Fran von dem Inserat«, bat Steve.

»Ja. Ich – wollte nur sagen, daß die gleichzeitige Anwe-

senheit der Budes und Miss Halseys reiner Zufall sein konnte. Leute, die häufig reisen und in bekannten Hotels absteigen, laufen sich immer wieder über den Weg. Also das Inserat. Ich sah es in einer New Yorker Zeitung, möchte aber annehmen, daß es in diversen Zeitungen der Ostküste erschienen ist. Darin wurden Reisende, die zu einem bestimmten Zeitpunkt Passagiere des Kreuzers *Barselius* waren, gebeten, sich mit dem Inserenten in Verbindung zu setzen. Alles, was mit der *Barselius* zusammenhing, war für mich schmerzlich. Aber ich konnte das Inserat nicht ignorieren. Kurz und gut, ich fuhr nach Middletown.«
»Middletown!« wiederholte Fran. »Das ist doch dort, wo die Halseys wohnen!«
»Die Telefonnummer in dem Inserat war von Miss Flora Halsey. Ich fand ihren Aufenthaltsort heraus, und so bald als möglich nahm ich Urlaub und kam hierher. Ich wollte sie so vieles fragen. Ich – verstehen Sie – alles, was mit dieser Kreuzfahrt zu tun hat... Und nun wurde Miss Halsey ermordet.«
»Aber ich sehe nicht ein –«, begann Fran verwirrt.
Mr. Abernathy seufzte. »Die Tatsache, daß Miss Halsey und die Budes hier waren, und außerdem dieses Inserat, all das könnte mit dem Mord etwas zu tun haben. Es kommt noch hinzu, daß Miss Halsey jemanden zu erkennen schien, der mit dieser unglücklichen Kreuzfahrt verbunden war; aber das wissen wir nicht sicher. Ganz sicher weiß ich jedoch, Miss Halsey war mit mir im gleichen Rettungsboot, ich lehnte gegen ihre Knie, und während ich bewußtlos war, hatte sie sich um mich bemüht, so gut sie konnte. Ich erinnere mich an ihr Gesicht, sowie an das Gesicht der Frau, die neben ihr saß. Außer zwei Personen von der Besatzung war ich der einzige Mann in diesem Boot.
Am Abend meiner Ankunft hier sah ich Miss Halsey

ganz flüchtig im Clubhaus. Sie hatte sich kaum verändert. An Miss Bude konnte ich mich nicht mehr erinnern, obwohl sie nach Aussage der Listen ebenfalls in unserem Rettungsboot gewesen sein muß. Auch der Senator war auf dieser Kreuzfahrt dabei, an ihn kann ich mich jedoch überhaupt nicht erinnern.«
Mr. Abernathy legte seine mageren Hände ineinander. »Wie ich schon sagte, mag Mrs. Halseys Anwesenheit in diesem Hotel ein bloßer Zufall sein, dann bleibt aber immer noch dieses Inserat. Miss Halsey wollte jemanden finden, der an dieser Kreuzfahrt teilgenommen hatte. Warum?«
Nach einer Weile fragte Fran: »War Henry mit auf dem Schiff?«
»Nein, er war damals noch sehr jung – möglicherweise in einem Internat. Ich habe ihn noch nicht gefragt, habe aber die Absicht, es zu tun. Er weiß möglicherweise von gar nichts.«
»Haben Sie mit dem Senator oder mit Miss Bude gesprochen? Haben die beiden Miss Halsey wiedererkannt?«
»Brenn meint, keiner der Gäste habe Miss Halsey von früher gekannt«, erklärte Steve.
Mr. Abernathy beschloß, sein eigenes Stillschweigen zu erklären. »Ich selbst zog es vor, bei der Polizei nichts von Miss Halsey und dem Schiff zu sagen.«
»Trotzdem«, meinte Steve langsam, »bin ich dafür, daß wir Scott informieren.«
Mr. Abernathy seufzte ein weiteres Mal. »Es wäre besser, wenn wir ihm mehr sagen könnten. Die Polizei ist bereits in einer ziemlich heiklen Situation, sie wird bald eine Verhaftung vornehmen müssen. Und ohne überzeugenden Beweis werden Sie schwer zu entlasten sein – in Anbetracht dieses unseligen Testaments.«

Das war leider wahr. Eine Weile lang sprach niemand. Schließlich sagte Steve: »Aber die *Barselius* ist der einzige Beweis, der uns helfen könnte.«
»*Wenn* es ein Beweis ist«, gab Mr. Abernathy zu bedenken. »Was ist mit diesem Mann, den Sie letzte Nacht am Strand sahen, Miss Allen? Können Sie ihn beschreiben?«
Fran tat es, so gut sie konnte.
Mr. Abernathy starrte auf seine Hände. »Cockney-Akzent, sagen Sie?«
»Es schien mir so. Nur ganz leicht.«
Plötzlich fragte Steve: »Mr. Abernathy, hat Miss Bude Sie erkannt?«
»Mich!« Seine Brillengläser blinkten. »Oh, nein. Ich habe mich verändert, wissen Sie. Ich war damals ja viel jünger, und . . .«
Die Tür flog auf, und Nanette stürmte ins Zimmer. »Steve, Fran, ich habe Neuigkeiten! Ich werde Frau Senator Bude!«
Mr. Abernathy zog sich höflich zurück. »Ich hoffe aufrichtig, daß Sie glücklich werden. Guten Tag, Miss Allen. Bis später, Greene.« Dann war er verschwunden.
Nanette starrte ihm nach. »Warum so eilig? Fran, was sagst du dazu? Was ist los, Steve? Wollt ihr mir nicht gratulieren? Ich mag dich schrecklich gern, Liebling, aber ich weiß, du hast es nicht ernst gemeint, und wenn ein Mädchen eine solche Gelegenheit hat . . .«
Steve nahm sie an der Hand und brachte sie entschlossen zur Tür.
Fran eilte ihnen nach. »Nanette, warte! Du sagtest, du hättest mich in meinem schwarzen Kleid gesehen . . .«
Nanettes Blick wurde kühl. »Ach, das! Ich habe der Polizei nichts davon gesagt, und ich werde das auch zukünftig nicht tun. Ich will da nicht hineingezogen wer-

den. Besonders jetzt – in meiner fabelhaften Lage wäre das sehr ungünstig, weißt du.«
»Hast du wirklich jemanden gesehen?«
»Ich weiß nicht . . .«
»War es vielleicht Miss Halsey selbst? Sie trug an dem Abend ein schwarzes Kleid.«
»Ich dachte, du wärst es gewesen. Das war alles. Aber ich werde der Polizei nichts davon erzählen. Vergiß es!« Damit schlug Nanette die Tür zu.
Steves Augen funkelten. »Was soll das bedeuten?«
Fran erzählte es ihm, und er meinte nachdenklich, daß ihre erste Erklärung wahrscheinlich die richtige war. »Nanette hatte Angst. Miss Halsey widersetzte sich Henrys Heirat so entschieden, bis Henry die Verlobung vermutlich selbst auflöste. Deshalb fragte dich Nanette, aus schierer Angst, man könnte sie verdächtigen, ob die Polizei von dieser Verlobung wüßte. Und weil ihr im gleichen Augenblick einfiel, daß sie sich dir damit ausgeliefert hatte, erfand sie diese dumme Geschichte. Später, als die Polizei die ganze Sache herausgefunden hatte und nichts gegen sie unternahm, weil sie ein gültiges Alibi hatte, sah sie keinen Grund mehr, ihre Drohung wahrzumachen. Das sieht ihr ähnlich – ängstlich und nicht sehr klug –, aber schlau genug, wenn es zu ihrem Vorteil ist. Und nachdem sie jetzt« – Steve grinste plötzlich – »Frau Senator wird, will sie um keinen Preis in die Untersuchung eines Mordfalles verwickelt werden.«
Wie dem auch sei, ging es Fran durch den Kopf, er schien nichts gegen Nanettes Verlobung zu haben. Hatte Steve in der vergangenen Nacht tatsächlich *Liebling* zu ihr gesagt, oder hatte sie sich das bloß eingebildet?
Sein Gesicht war wieder ernst. »Andererseits ist es gut möglich, daß sie Miss Halsey gesehen hat oder eine

andere Frau, wer hat denn sonst noch ein schwarzes Kleid?«
»Wer? Steve, das ist hoffnungslos. Jede Frau im Hotel dürfte ein schwarzes Kleid besitzen.«
»Aber wer trug es an jenem Abend? Nanette? Miss Bude?«
»Ich kann mich nicht erinnern. Ich weiß nicht ...« Auf einmal erinnerte sie sich doch an etwas. »Steve, Miss Bude verließ ihren Tisch! Kurz vor der Pause. Der Senator saß allein dort, als wir nach der Pause zurückkamen!«
Eine Weile sah er sie nachdenklich an, und dann schüttelte er den Kopf. »Ich glaube nicht, daß es eine Frau war, außer Nanette ... Hör zu, Nanette hat ein schwarzes Kleid. Aus Satin oder so ähnlich. Es kann sein ...«
»Was, Steve?«
»Nein, ich dachte, es sei vielleicht Nanette selbst gewesen. Oder sie hat doch jemanden gesehen, und diese Person hat mit Absicht ein schwarzes Kleid getragen – ein Kleid wie das von Miss Halsey oder von dir. Eine Art Verkleidung, verstehst du? Das hatte dann gut irgendwer aus dem Hotel sein können.«
»Wenn Nanette tatsächlich jemanden sah und dachte, ich sei es gewesen, dann *konnte* sie diese Person nur kurz gesehen haben! Aber daß sie eine Frau sah, das ist immerhin etwas.« Fran war ganz aufgeregt. »Frag sie, Steve. Mach, daß sie es dir sagt. Oder Mr. Brenn. Oder Captain Scott.«
»Sie kann daran festhalten, daß du es warst.«
»Und wenn es geschah, während wir tanzten ...«
Er überlegte kurz und schüttelte dann den Kopf. »Ich weiß nicht recht. Die Zeit des Mordes ist zu ungewiß. Scott ... Nein, es ist zu gefährlich, Fran. Übrigens war das gestern nacht ein Mann. Du bist zwar eine schlanke Frau, aber kein Federgewicht. Ich habe dich

vom Strand heraufgetragen. Eine Frau hätte dich nicht vom Pier ins Meer hinausschleppen können. Jedenfalls nicht jede Frau. Nanette vielleicht, aber ... Nein, es war ein Mann.« Steves Gesicht war auf einmal hart. »Und diesen Mann werde ich kriegen.«
Angst packte Fran, und sie flüsterte: »Warum hat er ...?«
»Das eben ist die Frage, Fran. Und es gibt darauf nur eine Antwort: Der Mörder hat einen Grund zu glauben, daß du ihn identifizieren kannst.«
Angst in der Nacht. Angst an diesem stillen, sonnigen Vormittag. Angst in den blauen Wellen, der sanften Brise und dem Raunen der Palmenblätter. Steif, weil Mund und Hals ihr das Sprechen erschwerten, sagte sie: »Ich kann nicht. Es gibt nichts ...«
»Es gibt etwas. Laß uns noch einmal alles durchgehen. Alles. Vom Zeitpunkt an, da ich dir Miss Halseys Abendtäschchen gab – und ich wünschte beim Himmel, ich hätte das nie getan!«
Sie fanden nichts. Steve erhob sich schließlich und ging auf und ab, in die Sonne und wieder zurück. Dann blieb er stehen und erklärte entschlossen: »Es besteht eine Chance, daß die Polizei den Mann erwischt, mit dem du gestern am Strand gesprochen hast. Ich fahre jetzt nach Jacksonville.«
»Nach Jacksonville?«
»Das heißt, wenn die Polizei mich gehen läßt. Ich borge mir Brenns Wagen. Es gibt dort ein Büro der Schiffahrtsgesellschaft, der die *Barselius* gehört hat. Es kann sein, daß nichts dabei herauskommt. Andererseits gibt es dort ein Mordmotiv, glaube ich. Rache und – aber das ist sehr ungewiß.«
»*Rache* ...«
»Sie wurde in der gleichen Nacht ermordet, als Abernathy hier ankam.«

»Du denkst, weil Miss Halsey im Rettungsboot war und seine Braut Martha...«
»Ich weiß nicht, was ich denke. Brenn sagt, wir brauchen heute abend nicht zu tanzen. Es kann spät werden, bis ich zurück bin. Fran, bleib bei den anderen Hotelgästen. Immer. Und wenn jemand dich ausfragen will, sag nichts. Versprich mir das.«
»Einverstanden«, versprach sie. Doch als er fort war, beschloß sie, mit Mr. Brenn zu sprechen. Sie würde ihm Nanettes Geschichte von der Frau im schwarzen Kleid erzählen.
Steve hatte gesagt, es sei gefährlich, die Polizei könnte es als einen Beweis gegen Fran auslegen; Steve hatte auch gesagt, mit keinem Menschen über den Mord zu sprechen. Aber wenn an Nanettes Geschichte etwas Wahres war... Ja, sie würde mit Mr. Brenn sprechen.
Sie begegnete ihm, als sie über den sonnigen Rasen ging, und sie erzählte ihm sehr schnell alles, ohne sich Zeit zum Überlegen zu lassen.
Mr. Brenn rieb sich müde die Stirn. »Schau her, Fran, wenn ich das Scott weitermelde, wird er dich ziemlich hart rannehmen.«
»Nanette hat nicht mich gesehen. Ich war nicht dort. Wenn sie jemanden sah –«
»Vielleicht hat sie das wirklich nicht. Oder vielleicht war es Miss Halsey selbst.«
»Ich weiß, aber – ich frage mich, wie viele Frauen im Hotel ein schwarzes Abendkleid haben, und auch wer sie sind.«
Mr. Brenn starrte sie an. »Alle haben eins! Ich kann nicht begreifen, warum so viele Frauen am Abend ein schwarzes Kleid tragen möchten.«
»Das wäre leicht ausfindig zu machen.«
»Hör zu, Fran«, sagte er fast bittend. »Meine Gäste

mußten nun schon manches über sich ergehen lassen. Zu weit kann ich es nicht treiben. Wenn die Polizei erst einmal damit anfängt ... Warte eine Sekunde.« Er rieb sich den Kopf und meinte schließlich unwillig: »Scott sage ich lieber nichts davon, solange nichts gewiß ist; aber ich will dir erklären, was ich tun werde. Ich lasse das von jemand prüfen – obwohl ich nicht glaube, daß etwas dabei herauskommt.«

Fran schlenderte hinunter an den Strand. Dort waren einige Gäste, aber niemand im Wasser. Sie saßen aufgeregt in kleinen Grüppchen beisammen, diskutierten ernsthaft, und bei ihrer Ankunft verstummten sie sofort. Die Budes und Nanette machten in Familienidylle, Nanette in der Sonne liegend, Miss Bude unter dem Sonnenschirm strickend, und Senator William in einem bunten Bademantel, ein Handtuch um den Kopf gebunden, um sich vor der Sonne zu schützen.

Ein Stückchen weiter weg saß Mr. Abernathy mit einem Buch und dunkler Sonnenbrille. Er schien Fran nicht zu sehen. Und noch etwas weiter ein anderer Mann in Badehose, der ihr trotz Sonnenbrille bekannt vorkam und sich als der Polizei-Sergeant herausstellte, der sie beobachtete, aber wohl hauptsächlich nach einem kleinen Mann in einer schmuddeligen weißen Hose Ausschau hielt. Demnach glaubte Captain Scott ihrer Geschichte endlich.

Sie fühlte sich etwas besser, als sie am Strand entlang zurück und hinauf zum Clubhaus ging. Aber diese Stimmung hielt nicht lange an, denn auf einer Bank fand sie eine liegengelassene Zeitung.

Sie las sie und legte sie wieder zurück, weil ihre Hände zitterten. Steve Greene, Tanzlehrer, häufige Tanzstunden für Miss Halsey; das erstaunliche Testament; die Leiche, gefunden von Miss Fran Allen, Greenes Tanzpartnerin; die Waffe bisher nicht gefunden.

Nichts wurde offen gesagt, aber die Anspielungen standen dort schwarz auf weiß. Einer der Titel lautete: POLIZEI RECHNET MIT BALDIGER VERHAFTUNG DES MÖRDERS. Fran ging zum Rasenviereck zurück und setzte sich neben den Swimmingpool auf einen Liegestuhl. Niemand konnte sich ihr hier über den offenen Rasen ungesehen nähern. Rauch stieg langsam aus einem der zahlreichen Kamine auf. Jede Suite des Hotels war vorsichtshalber mit einem Kamin ausgerüstet, für den Fall, daß das Wetter Mr. Brenn einen Streich spielen sollte. Es war aber trotzdem seltsam, daß an einem warmen sonnigen Tag jemand ein Feuer brauchte.

Die Gäste kamen allmählich vom Strand zurück. Schatten begannen sich über das Gras zu legen. Vor Mitternacht konnte sie nicht mit Steves Rückkehr rechnen. Schließlich ging sie in ihr Zimmer, um sich für das Abendessen umzuziehen. Als sie auf dem Weg zum Clubhaus an der Bürotür vorbeikam, meldete Jane ihr ein Ferngespräch. Sie nahm es an Mr. Brenns Schreibtisch an. Steve?

Es war Mr. Garden von der Garden Tanzschule. Die Polizei hatte ihn angerufen, um über sie und Steve Erkundigungen einzuholen. Mr. Garden nahm zwar nicht an, daß einer von ihnen beiden die Frau erschossen haben könnte. Trotzdem, das Testament, überhaupt, die ganze Situation, brachte die Tanzschule in Mißkredit – kurzum, sie waren entlassen.

Fran wankten die Knie. Am liebsten wäre sie in ihr Zimmer zurückgekehrt. Statt dessen ging sie zum Clubhaus. Sie saß allein an einem kleinen Tischchen. Henry war in der Bar. Die Budes und Nanette saßen am gleichen Tisch, Nanette strahlend und triumphierend mit nackten Schultern über weißem Taft, Miss Bude emsig strickend. Sie trug hellblaue Spitzen. Fran suchte das ganze Lokal ab, aber niemand, keine einzige Frau hatte ein schwarzes Kleid an.

Vielleicht würde Mr. Brenns zögernd bewilligte diskrete Untersuchung keinerlei Beweise erbringen. Vielleicht war ihr erster Eindruck von Nanettes Geschichte richtig, nämlich, daß sie nur erfunden war.

Das Orchester spielte unermüdlich während des ganzen Essens. Zwischen den einzelnen Gängen wurde getanzt, aber diesmal bat sie niemand um einen Tanz. Fran schob das Essen auf ihrem Teller herum.

Mrs. Lee merkte ihre Unentschlossenheit, kam zu ihr und ermunterte sie zu essen. »Es ist dieser entsetzliche Mord. Alle sind gereizt, aber machen Sie kein solches Gesicht, meine Liebe. Es ist sicher ein Einbrecher gewesen.« Mrs. Lee und der Barmann hatten Henry ein Alibi gegeben – Henry, der sonst logischerweise als erster verdächtigt worden wäre.

Ziemlich verzweifelt fragte Fran: »Mrs. Lee, sind Sie sicher, daß Henry Halsey die ganze Zeit in der Bar war?«

Mrs. Lees freundliche blaue Augen wurden besorgt. »Soviel ich weiß, ja. So habe ich es auch der Polizei gesagt. Aber ich mache mir deswegen Gedanken. Ich hatte ununterbrochen zu tun. Jim ebenfalls. Ich könnte für ein paar Minuten in die Küche gegangen sein, oder für jemanden einen Tisch zurechtgemacht haben, oder ...« Sie schüttelte den Kopf. »Ich kann mich nicht erinnern. Jim ist sicher, daß der junge Halsey nicht weggegangen ist ... ich sehe, der Chef will mich sprechen.« Sie flitzte davon.

Demnach zweifelte Mrs. Lee an ihrem eigenen Erinnerungsvermögen. Und Henry konnte ein Motiv haben.

Fran nippte an ihrem Kaffee, als Mr. Abernathy, überraschend fein gekleidet in seinem Dinneranzug, sich

zu ihr an den Tisch setzte. Es war ihm eine unterdrückte innere Aufregung anzumerken, doch er hatte noch nicht mit Henry gesprochen.
»Konnte ihn nirgends finden. Brenn sagt, er hätte einen Teil des Tages auf dem Polizeihauptquartier verbracht. Selbst wenn sie ihn in Verdacht hatten, ließen sie ihn am Ende gehen. Das Mädchen im Büro meinte, er sei im Haus.«
»Er ist in der Bar.«
»Oh.« Er winkte dem Kellner. »Würden Sie Mr. Halsey bitten, an unseren Tisch zu kommen?«
Henry kam, einen schmollenden, unwilligen Ausdruck im Gesicht. »Sie haben nach mir gefragt?«
»Ja«, antwortete Mr. Abernathy. »Ich möchte mit Ihnen über die *Barselius* sprechen.«
Henrys Kiefer klappte herunter. »Die – *was*?«
»Ich war damals als Passagier dabei.«
»Sie ...«, begann Henry. »Sie wollen sagen ...? Na, so etwas. Wie sind Sie denn davongekommen? In einem Rettungsboot?«
Mr. Abernathy nickte. »Sie meinen, zusammen mit Ihrer Tante? Ja.«
Henrys Gesicht lief dunkelrot an. »Dann sind Sie ein Zeuge! Sie sind der Mann, den ich ... Sieh mal einer an!« Er warf einen raschen Blick in die Runde und ergriff dann Mr. Abernathys Arm. »Kommen Sie mit.«
Sie verließen den Speisesaal, und Henry umklammerte weiterhin Mr. Abernathys Arm, als habe er Angst, der Mann könne ausreißen. Ein Zeuge! Zeuge wofür?
Der Kellner kam zu Fran. »Ein Ferngespräch für Sie, Miss Allen. In der Kabine.«
Dieses Mal war es Steve. Seine Stimme klang gespannt und aufgeregt. »Fran, wir sind auf der Rückfahrt.«
»Hast du etwas über die *Barselius* herausgebracht?«
»Es dauerte lange, bis sie die Unterlagen von damals

ausgegraben hatten. Miss Halsey war effektiv unter den Passagieren. Ebenso Mr. Abernathy, wie er gesagt hat, und die Budes. Es gab einen Ordner voll Korrespondenz über den ganzen Fall. Aber nichts, was eine der vier Personen speziell betroffen hätte. Das Erstaunliche jedoch ist, daß noch jemand anders hier war, um sich nach der *Barselius* zu erkundigen, und es klingt ganz nach deinem Mann im Regenmantel. Sein Name ist Jenkins.«
»Jenkins!«
»So nannte er sich, und er sagte, er sei Steward auf der *Barselius* gewesen und in einem der Rettungsboote geborgen worden. Er wollte die Liste der Überlebenden sehen. Das war vor etwa drei Monaten.«
»Was wollte er? Und was wollte er wissen?«
»Das hat der Angestellte nicht gewußt. Er dachte, er sei bloß neugierig, weil er mit auf dem Schiff gewesen war. Aber nachdem er fort war, wurde der Angestellte selbst ebenfalls neugierig und entdeckte...« Die Aufregung war aus seiner Stimme verschwunden. »Eigentlich ist es eher ein administrativer Irrtum. Die ersten Listen stimmten nicht überein mit den letzten. Ich erzähle dir alles, wenn ich zurück bin. Die wichtigste Person ist Jenkins, sofern es der gleiche Mann ist. Ein Polizist begleitete mich. Er telefoniert gerade mit Scott. Wir sind bald zurück.«
Fran ging wieder an ihren Tisch zurück. Jenkins – ein Steward auf der *Barselius*. Der Steward auf dem Rettungsboot mit Miss Halsey, Miss Bude und Mr. Abernathy? Sie dachte an seinen Cockney-Akzent. »Ja, Miss.« »Nein, Miss.« Aber was hatte er in den Papieren der *Barselius* gesucht?
Henry und Mr. Abernathy kehrten nicht zurück. Die Tische leerten sich; Nanette und der Senator waren verschwunden, allem Anschein nach in der Bar, denn

Fran erhaschte einen Blick auf Nanettes blondes Haar. Miss Bude saß allein an ihrem Tisch.
Das Orchester spielte die Schlußnummer, als Mr. Abernathy zurückkam. »Es war nicht viel aus Henry herauszubringen. Er wurde plötzlich sehr reserviert. Wollte sich nur vergewissern, daß ich tatsächlich auf der *Barselius* war. Von dem Inserat behauptet er, nichts zu wissen. Aber seine Telefonnummer ist natürlich die gleiche wie die von Miss Halsey. Entweder hat Henry oder Miss Halsey das Inserat aufgegeben, und nach seinen Fragen zu schließen, denke ich eher, daß es Henry war. Ich versuchte etwas aus ihm herauszubringen. Er war gereizt und nervös; schließlich erklärte er, er müsse unbedingt sofort jemanden sehen, verschwand durch die Hecke nach draußen.«
Fran sagte: »Steve hat angerufen«, und erzählte ihm, was sie wußte.
»Der Steward im Rettungsboot!« Er nickte, und seine Gläser funkelten. »Das könnte wohl sein! Wenn es der Mann ist, dann könnte ich ihn vielleicht identifizieren. In dem Boot waren zwei Mitglieder der Besatzung, achtzehn weibliche Passagiere und ich selbst.« Er zögerte und hatte wieder diese seltsame, verhaltene Erregtheit in seinem Blick. »Ich glaube, ich muß Ihnen sagen, daß ich heute nachmittag einen weiteren Passagier aus dem Rettungsboot erkannt habe.«
»Wen?«
Er gab keine Antwort. »Wo ist Nanette? Wo ist . . .?« Er reckte den Hals und starrte längere Zeit hinüber zur Bar. »Mord«, sagte er, »Mord . . . Gehen Sie ins Büro zurück und bleiben Sie dort.« Damit war er weg, zwischen den kleinen Grüppchen von Menschen durchgleitend, die sich jetzt entfernten.
Fran stand auf, als Miss Bude auf ihrem Weg zur Tür an ihrem Tisch vorbeikam, folgte ihr schließlich, dies-

mal auf dem Hauptweg und dicht hinter ihrem wehenden Seidenmantel.
Angenommen, Mr. Abernathy hatte wirklich noch jemanden erkannt außer Miss Halsey! Angenommen, Miss Halsey hatte irgendwie Marthas Flucht verhindert. Oder sogar angenommen, Mr. Abernathy persönlich hatte die zweifelhafte Aufmerksamkeit dieses Jenkins auf das Hotel gelenkt. Aber warum? Und warum hatte Mr. Abernathy in der Bar nach Nanette geschaut und war dann blitzschnell verschwunden?
Eine andere Frage schoß Fran zum ersten Mal durch den Kopf und war in ihrer Einfachheit erschreckend. Wenn Miss Halsey einen echten und handfesten Grund gehabt hatte, sich Nanettes Heirat mit Henry zu widersetzen; einen Grund, der nichts damit zu tun hatte, ob Henry in der Lage war, eine Frau zu ernähren. Es mußte eine Tatsache sein, von der sie Alice Bude oder dem Senator hätte erzählen können, wenn sie am Leben geblieben wäre. Hätte Nanette dann nicht versucht, diese Gefahr für immer aus dem Weg zu räumen? Nanette war durchtrieben, sie war rücksichtslos – und jetzt triumphierend.
Auf der Landstraße donnerten die Automobile vorbei wie immer. Fran blieb stehen und hoffte, eines davon würde zum Hotel abbiegen und Steve zurückbringen. Miss Bude war weitergegangen und bog in den beleuchteten Durchgang ein. Fran wartete neben den Büschen unten an der Treppe zu ihrem eigenen Zimmer; andere Gäste gingen an ihr vorbei und verschwanden im Hotel, und immer noch bog kein Wagen von der Straße ab. »Bleib bei anderen Leuten«, hatte Steve gesagt. Im Gebüsch raschelte etwas.
Ihr Herz klopfte. Blitzschnell drehte sie sich zum Durchgang um, aber noch ehe sie einen Schritt tun konnte, kam eine Hand aus den Büschen und packte

sie am Arm. »Miss – Miss . . .« Ein schmales Frettchengesicht starrte sie aus dem dichten Blattwerk heraus an, ein blasses Gesicht im Licht der Parkleuchten, ein Gesicht voller Angst. »Sie sagten, Sie geben mir Geld. Geben Sie es mir jetzt.« – »Sind Sie . . .« Sie wollte sagen: »Sind Sie Jenkins?« Und sie wollte sich von ihm losreißen, fortlaufen, schreien, irgend etwas.
Er sagte: »Schnell, Miss. Ich muß von hier verschwinden. Ich habe mit Mord nichts zu tun. Sie sagten, Geld, oder nicht? Was immer Sie haben. Was ist in Ihrer Handtasche? Irgend etwas werden Sie doch bei sich haben!« Er entriß ihr das kleine Täschchen, wühlte mit zitternden, krallenartigen Fingern darin herum, riß eine Fünfdollarnote heraus, dann zehn, warf ihr das Täschchen wieder zu und stürzte ins Gebüsch zurück.
Es war so unerwartet und rasch gegangen, daß sie noch einen Augenblick wie versteinert stehenblieb und in die Büsche horchte. Sie dachte: *Ich muß es Mr. Brenn sagen, Captain Scott, schnell.* Sie wirbelte herum, griff nach dem Geländer der kleinen Treppe und hielt sich daran fest, um nicht zu stolpern. Und dann sah sie im Schatten des Geländers einen tieferen, dunkleren Schatten, der über den unteren Stufen lag – einen schwarzen, unbeweglichen Gegenstand mit einer hell schimmernden Jacke und einem hell schimmernden Gesicht. Sie erkannte das kleine, puppenhafte Gesicht trotz der Dunkelheit, obwohl ein Teil des Gesichts gar nicht zu sehen war. Es war Henry Halsey.

Ein Wagen raste über die Hauptstraße und bog zum Hotel ab. Die Scheinwerfer glitten über Fran, blendeten sie gegen die weiße Mauer und zeichneten den wilden Wein wie schwarzes Flechtwerk ab, aber ließen den Gegenstand zu ihren Füßen im tiefen Schatten. Zwei Männer stiegen aus und eilten über das Pflaster.

Der eine, ein Polizist, ging an der Treppe vorbei in den Durchgang. Der andere war Steve. »Fran, ich sah dich im Licht der Scheinwerfer. Was ist geschehen?... Henry!«
Nachdem Steve sich vergewissert hatte, sagte er: »Henry ist tot. Wir können nichts mehr für ihn tun. Gehen wir ins Haus in dein Zimmer. Ich werde es melden.«
Sie gingen ganz nahe an der Mauer an Henry vorbei. Steve ging voraus, knipste das Licht an. »Hast du den Schuß gehört? Weißt du etwas Näheres?«
»Nein... Nein... Jenkins war da.« Ihre Stimme schien von weit her zu kommen, aber sie mußte es ihm erzählt haben, denn Steves Augen blitzten.
»Diesmal wird er uns nicht entkommen. Henry muß erschossen worden sein, bevor das Orchester zu spielen aufhörte. Im Hotel oder im Büro hätte man den Schuß doch hören müssen. Aber es ist kein Zufall, daß Henry auf dieser kleinen Treppe erschossen wurde. Sie gaben ihm ein anderes Zimmer, aber im gleichen Flügel. Wer immer es tat, wollte dich belasten.«
Fran schoß es durch den Kopf: Henry auf der kleinen Treppe ermordet, die zu ihrem Zimmer führte; außerdem hatte sie Miss Halsey gefunden. Die Polizei würde ihr nicht glauben, daß es zweimal einen solchen Zufall geben kann. Aber diesmal war es nicht zufällig passiert, jemand hat es so gewollt. Und überdies war es einfacher, nachdem es bereits einen Mordversuch gab, die eindeutigen Beweise ihr unterzuschieben und den Rest der Polizei zu überlassen.
Steve befahl: »Sperr hinter mir die Tür zu. Laß niemanden herein. Ich komme zurück.«
Damit war er weg. Die Tür zusperren. Sie wollte es sofort tun, da läutete das Telefon, sie hob automatisch ab. Mr. Brenn sagte: »Fran, Finials Frau hat in einem

der Zimmer etwas gefunden. Ein schwarzes Kleid, das jemand zu verbrennen versuchte. Demnach warst du auf der richtigen Spur. Am besten kommst du gleich herunter.« Schon hatte er aufgelegt.
Steve hatte ihr etwas gesagt. Ach ja, die Tür schließen. Sie ging quer durch das Zimmer, doch die Tür zum Korridor war abgeschlossen. Sie konnte sich nicht erinnern, daß sie das schon gemacht hatte. Das mußte Steve gewesen sein. Sie wollte den Schlüssel drehen und sah, daß das Schloß schon zugesperrt worden war. Auch daran konnte sie sich nicht erinnern.
Sie mußte unbedingt Mr. Brenn anrufen und ihm sagen, daß sie nicht ins Büro kommen konnte, um sich das schwarze Kleid anzusehen. Aus einem Kamin war an diesem heißen Nachmittag Rauch aufgestiegen! Aber aus welchem? Und wessen Kleid? Nanettes? Miss Budes? Oder das Kleid einer anderen Frau? Einer Frau, die Mr. Abernathy am Nachmittag als Passagier des Rettungsbootes erkannt hatte? Ihr fiel plötzlich ein, daß Mr. Abernathy gesagt hatte, an Miss Bude könne er sich nicht erinnern, aber er erinnerte sich an zwei Gesichter – Miss Halsey, die versucht hatte, ihm zu helfen, und die Frau neben ihr. *Wer war das?*
Henry hatte zusammen mit Abernathy den Speisesaal verlassen, und Henry war nicht zurückgekehrt. Angenommen, Henry wußte etwas, das Abernathy in dieser ungewöhnlichen und schrecklichen Situation auf dem brennenden Schiff getan oder nicht getan hatte. Miss Halsey, die ununterbrochen redete und deren sanfte Stimme unaufhörlich wie ein Bach plätscherte, hatte Henry sicher unendliche Male alles erzählt, was sie von dieser verhängnisvollen *Barselius* gewußt hatte.
Fran sah einen Teil des Geschehens vor sich, es war wie ein Lichtstrahl durch einen Riß in einem schwarzen Vorhang. Sie war plötzlich davon überzeugt, daß

Henry ermordet worden war, weil er gefährliche Kenntnisse besaß, die ihm Miss Halsey vermittelt hatte. Miss Halsey hätte niemanden absichtlich verletzt. Bei Henry war das etwas anderes.
Aber weiter ging der helle Riß nicht. Sie mußte Mr. Brenn etwas sagen – irgend etwas; er erwartete sie. Sie ging zum Telefon. Palmenblätter schienen sich zu bewegen und zu flüstern – irgendwo ganz in der Nähe. Aber in dieser Nacht gab es doch gar keinen Wind. Und *sie* hatte die Tür nicht zugemacht, sie auch nicht abgesperrt.
All das wurde ihr blitzartig klar. Jemand war ins Zimmer geschlichen, während sie telefonierte, und hatte die Tür zugemacht – still und verstohlen, sie hatte nur ein leichtes Rascheln gehört; was war das? Vielleicht Seide? Sie schoß herum, zur gleichen Zeit flog die Tür ihres Wandschranks auf.
»Bleiben Sie vom Telefon weg!« Miss Alice Bude trat einen Schritt näher. Ihr seidener Mantel raschelte. In der Hand hielt sie einen Revolver.
Fran hielt sich an der Stuhllehne fest, an etwas mußte sie sich festhalten. Miss Bude horchte an der Tür.
»Mich können Sie nicht umbringen! Man weiß, daß Sie's sind. Sie fanden . . .« Ein weiterer Lichtstrahl enthüllte Fran schlagartig die obstrusen Wege menschlicher Überlegungen. »Das schwarze Kleid gehörte Ihnen! Sie haben versucht, es zu verbrennen! Sie dachten, falls jemand Sie vom Pier aus sähe, würde man annehmen, ich sei es oder Miss Halsey. Doch Sie glaubten, nicht gesehen zu werden, während alle im Clubhaus saßen. Aber Nanette sah Sie und . . .«
Miss Bude horchte erneut an der Tür. Weder die Waffe, noch ihre Stimme zitterten. »Nanette denkt, daß Sie es waren. Ich habe selbst gehört, wie sie es Ihnen sagte. Und wenn Sie denken, Nanette würde mich

jetzt noch verraten, dann irren Sie sich gewaltig. Nanette ist jetzt mit meinem Bruder verlobt.«
Verlobt mit William, sie hält sich für die zukünftige Frau Senator. Das also war der Grund, warum Miss Bude dieser Verbindung offiziell ihren schwesterlichen Segen gab!
Es war nicht leicht, Fran zum Schweigen zu bringen. Ein erster Versuch war bereits fehlgeschlagen. Fran schleuderte ihr entgegen: »Sie hatten Angst, ich würde der Polizei erklären, was Nanette von dem Kleid sagte.«
Alice Bude lehnte sich an die Tür und ließ so etwas wie ein befriedigtes Nicken erkennen. »Sie haben ganz recht, meine Liebe, für Ihr eigenes Wohl vielleicht zu recht. Machen wir einen kleinen Spaziergang.«
»Nein – nein . . .«
»Mir fällt wirklich nichts anderes ein«, fuhr Alice Bude fort. »Diese Sache muß ein Ende finden. Zuerst schreiben Sie einen kurzen Brief mit einer Erklärung. Darin steht, daß Sie Miss Halsey wegen diesem jungen Greene erschossen haben.«
Frans Hand fuhr zum Mund. »Das kann ich nicht tun!«
»Selbstmord, ein Geständnis – und fertig. Machen Sie's nicht noch schwieriger. Sie glauben doch nicht etwa, daß mir das gefällt, oder? Es bleibt mir einfach«, erklärte sie hastig, aber sachlich, »nichts anderes übrig.«
Fran suchte wie wild nach einer Drohung – irgend etwas. »Sie werden Jenkins finden. Er wird ihnen von dem Rettungsboot erzählen.«
Das war ein Fehler. Miss Bude bedachte sie mit einem langen Blick. »Dann haben Sie also doch etwas aus Jenkins herausgebracht. Das habe ich mir gleich gedacht. Sie hatten Angst, mit mir draußen am Pier zu bleiben. Sie wollten nicht warten und nicht mit mir sprechen.

Ich habe gehört, wie Sie sagten, Sie würden am anderen Morgen wieder dort sein.«
»Sie haben versucht, mich zu ermorden. Sie fürchteten, Jenkins würde auspacken«, beschwor Fran sie.
»Sie wissen zu viel – gehen wir.« Alice Bude verfaßte den Brief mit dem Geständnis. Leise drehte sie den Schlüssel und öffnete die Tür, die Hand fortwährend am Revolver.
»Der Revolver«, rief Fran. »Sie werden den Revolver finden und Spuren –«
»Richtig. Den muß ich verschwinden lassen. Es ist Williams' Revolver; ich nahm ihn von zu Hause mit für den Fall, daß Henry Halsey uns bis hierher folgen sollte, was er denn auch tat. Er mußte seine Tante natürlich beschwatzen, mit ihm hierherzukommen, nachdem er herausgefunden hatte, wo wir waren.«
Ihre Worte enthielten eine Anspielung, die Fran nicht verstand, und sie hatte auch keine Zeit, über deren Bedeutung nachzudenken, denn Miss Bude erinnerte sich nun wieder an das wichtige Geständnis, das sie entlasten würde, und das gefunden werden mußte – wenn alles vorbei war. Fran sah, wie Alice Bude zum Schreibtisch schaute. Wenn Fran sie doch nur veranlassen könnte, den Revolver wegzulegen, bloß für eine Sekunde, dann hätte sie eine Chance. Miss Bude war ungefähr so groß wie sie selbst, aber Fran war jünger, kräftiger. Steve hatte allerdings gesagt, eine Frau hätte sie vom Pier aus nicht ins Wasser hinaustragen können!
Und nicht Alice Bude hatte Henry getötet! Es war gar nicht möglich, denn sie hatte den Speisesaal nicht verlassen, bis Fran sie hinausgehen sah. Und auf dem ganzen Weg war sie dicht hinter ihr gegangen. Sie hatte sie an der Treppe vorbeigehen sehen, auf der bereits der tote Henry lag. Aber hatte sie es nicht fast zugegeben?

Und die Hand am Revolver war ruhig und tödlich. Alice besaß sicher den Willen und die Fähigkeit, einen Menschen zu töten.
Von draußen hörte man eilige Schritte nahen, jetzt waren sie im Korridor, und Miss Budes Kopf schnellte zur Tür.
»Wenn Sie ein Wort sagen, töte ich zuerst ihn!« Ihr Seidenmantel raschelte zurück in den Wandschrank, dessen Tür bis auf einen kleinen Spalt zugezogen war, als Steve ins Zimmer stürzte.
»Fran, ist alles in Ordnung? Brenn sagte, er hätte dich angerufen, du seist aber nicht heruntergekommen. Man hat Jenkins gefunden. Du wirst es nicht glauben! Miss Bude hat Henry getötet!«
Nein, dachte Fran. *Nein!* Doch sie wagte nicht, nach dem schmalen, schwarzen Spalt zwischen der Wand und dem Kleiderschrank zu blicken.
Steve war ganz aufgeregt. »Sie wissen jetzt fast die ganze Geschichte. Alles brach gleichzeitig zusammen. Brenn hatte bereits nach Scott geschickt. Sie haben auch das Kleid gefunden, das sie verbrennen wollte.«
Fran mußte genickt haben.
Er fuhr fort: »Richtig, das weißt du ja schon. Scotts Leute konnten Jenkins an der Busstation abfangen. Abernathy erkannte ihn; es war tatsächlich der Steward. Abernathy hatte versucht, Henry zu finden. Er befürchtete, Henry fordere den Tod heraus, wolle den Senator erpressen, drohe ihm möglicherweise mit Abernathy als Zeugen, um ihn unter Druck zu setzen. Leider kam Abernathy zu spät; Henry hatte bereits gehandelt und war als unglückliche Folge davon ermordet worden. Wir haben ihnen von der *Barselius* erzählt. Bude gibt die Sache mit dem Rettungsboot zu. Er gesteht, daß seine Schwester von Henrys Erpressungsversuchen wußte. Daß er einen Revolver hatte. Aber

sie können ihn nirgends finden, und er gibt zu, daß seine Schwester den Revolver inzwischen haben könnte, aber – was ist?«

»Nichts – nichts. Sprich weiter.« Sie mußte unbedingt dafür sorgen, daß er redete und sich nicht im Zimmer umsah.

»Das erklärt Miss Halseys Mord, verstehst du jetzt? Henrys Erpressungsversuch war ohne Zeugen wirkungslos. Miss Halsey war eine Zeugin, weshalb Miss Bude sie zuerst aus dem Weg geschafft hat. Hätte sie Henry getötet, während Miss Halsey noch am Leben war, dann hätte die alte Dame den Zusammenhang herausgefunden. Budes Schwester muß gedacht haben, daß Miss Halsey und Henry unter einer Decke steckten. Als jedoch Henry heute abend mit Abernathy als einem weiteren Zeugen drohte, entschloß sich Miss Bude, der Sache auf der Stelle ein Ende zu machen, und sie hat Henry somit erschossen.«

Frans Gedanken begannen wie wild hin und her zu rennen. Henry wußte natürlich von Anfang an, daß Miss Bude seine Tante erschossen hat, und auch, aus welchem Grund. Aber er dachte nicht daran, das Huhn, das goldene Eier legen könnte, zu töten. Dennoch war es nicht Alice, die Henry ermordet hat.

Steve merkte, daß sie nicht verstand. »Der Senator hat einem ersten Erpressungsversuch von Henry nicht nachgegeben. Deshalb ist Henry ihm hierher ins Hotel gefolgt, um ihn nicht aus den Augen zu verlieren. Henrys Problem war, daß Miss Halsey seine einzige Zeugin war, und er wußte, daß er seiner Tante nicht mit Erpressung kommen konnte. Deshalb gab er dieses Inserat auf, um weitere Zeugen zu finden.«

Steve schwieg und sah sie so seltsam an. Sie mußten unbedingt aus diesem Zimmer raus, dachte Fran.

Doch er sprach weiter. »Der entscheidende Punkt ist,

daß Budes Karriere himmelhoch aufgeflogen wäre. Henry wußte das. Bude wußte das. Seine Schwester wußte das. Es war etwas, das niemand vergessen und verzeihen konnte. Er war verwundbar; es hätte unliebsame Schlagzeilen gegeben.«
Fran hörte nicht zu. Sie beobachtete, wie Steve sich im Zimmer umsah. Er sprach schnell und pausenlos weiter – und ließ dabei die Augen suchend durch den Raum gleiten. Zu den Vorhängen, zum Bett, zur Badezimmertür und von dort zur Tür des Wandschranks.
Fran rief: »Was geschah im Rettungsboot?«
Es änderte nichts. Steve erzählte alles, was er wußte, aber seine Augen suchten weiter. »Das war's, was Jenkins im Büro der Schiffahrtsgesellschaft herausfand. Die ersten Listen der Überlebenden stimmten nicht mit den Schlußlisten überein. Jenkins mußte es schon damals geahnt haben, aber die Budes und ein paar weitere Passagiere waren erst zwei Tage vor dem Brand auf das Schiff gekommen. Die bisherigen Passagiere hatten also wenig Zeit gehabt, die neuen Passagiere richtig kennenzulernen. Auf der ersten Liste stand, daß sich außer dem Steward und zwei Mitgliedern der Besatzung neunzehn Frauen und ein Mann in Jenkins' Rettungsboot befunden hatten. Auf der korrigierten Schlußliste standen achtzehn Frauen, zwei Männer und zwei Mitglieder der Besatzung, Jenkins inbegriffen. Im allgemeinen Durcheinander waren einige Namen ausgestrichen und auf der Schlußliste wieder eingesetzt worden. Man schrieb diese Unstimmigkeit einem Irrtum zu.
Diesmal hörte Fran ihm zu – und wußte, daß die Frau wenige Schritte von ihr entfernt ebenfalls aufmerksam zuhörte. Dann bemerkte sie, daß Steve aussah, als horchte er selbst auf etwas. Aber er fuhr deutlich fort: »Abernathy hat Bude heute nachmittag erkannt. Der

Senator trug einen Bademantel und um den Kopf ein Handtuch. Er ist zwanzig Jahre älter und hundert Pfund schwerer, aber Abernathy meint, er sei in Frauenkleidern auf diesem Rettungsboot gewesen. Um sicher zu sein, daß er mit dem Leben davonkam, verstehst du? Frauen und Kinder zuerst ...«

Steve kam nun ruhig und langsam auf Fran zu. Dabei sagte er mit besonderer Deutlichkeit: »Jenkins hat voll ausgepackt. Der Senator wird zusammenbrechen und bekennen, daß seine Schwester eine Mörderin ist.«

»Alice Bude kann Henry nicht erschossen haben!« schrie Fran. »Sie war die ganze Zeit im Speisesaal. Ich habe sie gesehen – ich bin ihr Alibi.«

Steve hörte und verstand – sie wußte es. Dann riß er die Tür zum Schrank auf.

Alice Budes Augen waren auf Steve, der Revolver dagegen auf Fran gerichtet. »Keine Bewegung – es ist mir ernst.«

Sie ging auf die Tür zu, ließ Steve nicht aus den Augen und zielte auf Fran. Mit der anderen Hand tastete sie rückwärts nach der Klinke; dann sagte sie zu Steve: »Sie haben ganz recht, William wird zusammenbrechen. Er war schon immer so. Er ist wie ein Kind, aber ein Feigling. Er kam immer zu mir, damit ich ihn rette. Wie in jener Nacht auf dem Schiff. Er wird auch jetzt wieder zu mir kommen, obwohl man ihm nicht nachweisen kann, Halsey ermordet zu haben.« Blitzartig war sie draußen.

»Ruf an! Verlang Scott!« Steve stieß Fran zur Seite und rannte Alice Bude hinterher.

Brenn kam ans Telefon; doch es war schon zu spät. Die Flucht über die kleine Treppe nach draußen war viel zu leicht und zu schnell.

Die Polizei nahm die Verfolgung von Alice Bude auf. Scott wandte sich an Fran: »Komm in Brenns Büro. Jenkins erzählt gerade.«

Jenkins erzählte tatsächlich. Er hatte Angst und war geschwätzig. Vieles von dem, was er sagte, war bereits bekannt, einige Tatsachen dagegen nicht.
Es war eine Geschichte, die vor zwanzig Jahren begonnen hatte, vergessen worden war und wieder zu tragischem Leben erweckt wurde, als Jenkins in der Zeitung die Ankündigung las, daß William Bude als Senator kandidierte. Er erkannte den Namen und erinnerte sich, daß einer der Passagiere in seinem Rettungsboot ein als Frau verkleideter junger Mann gewesen war.
»Das brachte Sie auf die Idee mit der Erpressung«, sagte Captain Scott.
Jenkins wand sich und hatte große Angst.
Er war nach Jacksonville gegangen, um sich zu vergewissern, und dann zu Senator Bude, der alles abstritt (»sagte, ich könne es nicht beweisen«, murmelte Jenkins). Worauf Jenkins sich auf die Suche nach Beweisen machte – nach jemandem aus dem Rettungsboot suchte, der seine Anklage stützen konnte, der vielleicht sogar bereit wäre, bei seinem Spielchen mitzumachen. Unglücklicherweise fiel seine Wahl auf Miss Halsey.
»Aber ich habe nicht mit ihr gesprochen«, beteuerte er heftig. »Sie war nicht zu Hause. Ich sah nur Henry, und der konnte aus mir nichts herausbringen. Sie hatte ihm davon erzählt – sie wußte nicht, daß es Bude war –, aber sie hatte ihm gesagt, daß sie glaube, die Frau neben ihr im Rettungsboot sei ein als Frau verkleideter Mann gewesen. Henry erinnerte sich daran. Sie hatte ihm oft davon erzählt. Er wollte nicht, daß ich mit ihr darüber sprach. Er sagte, sie würde alles vermasseln. Aber Henry erklärte« – Jenkins seufzte – »er würde mitmachen.«
»Und die Beute mit Ihnen teilen«, vermutete Scott.

»Worauf Henry ein Inserat aufgab, um einen anderen Zeugen zu finden. Wie Sie, hoffte er ebenfalls, jemanden zu finden, der bereit war, Sie zu unterstützen.« Dann wandte er sich an Bude. »Sie haben Ihrer Schwester alles erzählt.«
William Bude befeuchtete seine blutleeren Lippen. »Ich dachte nie, daß sie einen Menschen umbringen könne. Sie befahl mir, nicht nachzugeben, ihm keinen Cent zu bezahlen, und sie hatte recht. Aber dann folgte Henry uns bis hierher, und seine Tante ... Alice erkannte sie. Deshalb hat er sie erschossen. Arme Alice. Dachte, die Leute würden Miss Halsey glauben. Daß niemand Henry – oder gar Jenkins – glauben würde, wußte sie. Das sind nicht Menschen, denen jemand Glauben schenkt. Das sind Erpresser.« Erneut befeuchtete er die Lippen.
Fran wollte etwas sagen, aber Steves Druck an ihrem Handgelenk hielt sie zurück.
»Also, Jenkins«, mischte sich Scott wieder ein, »Sie haben gesehen, wie Miss Bude zu Miss Halseys Suite ging.«
»Ja, genau. Ich hörte auch den Schuß. Das erschreckte mich; ich hatte Angst. Ich wollte keine Gewalt, verstehen Sie? Ich stand in der Hecke. Miss Bude konnte mich nicht sehen, aber ich sah sie herauskommen. Sie trug ein schwarzes Kleid und rannte irgendwie heimlich, als wollte sie nicht, daß jemand sie sieht, zu ihrer Suite. Henry mußte mir vorher erklären, welches ihre Zimmer waren. Ich wußte natürlich nicht, was geschehen war, aber ich mußte es herausbringen. Doch Henry kam und kam nicht. Kein Mensch kam, bis das Mädchen ...« Seine Augen wanderten zu Fran.
Barsch fragte Scott: »Woher sollen wir wissen, daß nicht Sie es getan haben?«
Jenkins begann zu wimmern. »Ich wußte, daß Sie mich

beschuldigen würden! Aber wozu hätte ich Miss Halsey umbringen sollen? Sie war auf unserer Seite – von Henry und mir. Sie hätte die Wahrheit sagen müssen über den Senator, nicht wahr? Selbst wenn sie dahintergekommen wäre, was Henry und ich im Sinn hatten. Wir brauchten sie.«

Das konnte man gelten lassen. Scott fuhr fort: »Sie sagten, Sie wären um das Hotel herumgestrichen, um Henry im Auge zu behalten.«

»Wie sollte ich ihm vertrauen können, wenn ich ihn nicht beobachtete?« war Jenkins' einfache Antwort. »Er mußte mich auch häufig treffen. Bis gestern früh, als er mich im Motel anrief, in dem ich wohne. Er wollte wissen, warum das Mädchen« – er deutete mit dem Kopf auf Fran – »sagte, sie werde mich an diesem Vormittag treffen. Henry riet mir wegzubleiben.«

William Bude trocknete sein glänzendes Gesicht. »Meine arme Schwester! Wie konnte sie nur so etwas tun! Miss Halsey! Und jetzt Henry –«

Jenkins' kleine Äuglein funkelten verächtlich, und er drehte sich rasch zu Scott herum. »Haben Sie das mit dem Kronzeugen ernst gemeint?«

»Wenn Sie ein Hehler sind, kann ich nicht viel für Sie tun.«

»Na, gut«, sagte Jenkins nach einer Weile. »Alice Bude hat Miss Halsey erschossen, aber nicht Henry.«

»Es war Alice«, keuchte der Senator. »Alice . . .«

Jenkins erhob sich, eine kleine verachtungsvolle Gestalt. »Henry sprach mit dem Senator. Ich stand neben der Treppe, Henry erzählte dem Senator, er habe einen anderen Zeugen gefunden, nämlich Abernathy. Und der Senator sagte: ›Gehen wir an einen anderen Ort, wo wir ungestört sprechen können. Diese Treppe führt zu Miss Allens Korridor; das Mädchen war nicht da, immer noch im Clubhaus.‹ Dann zog er Henry auf

die Treppe, und als mit viel Lärm ein Wagen vorbeifuhr, hat der Senator ihn erschossen; anschließend rannte er direkt an mir vorbei um das Hotel herum. Ich nehme an, er ließ den Revolver in seinem Zimmer, und vielleicht hat seine Schwester ihn dort gefunden. Genauso ist es gewesen, ich schwöre ...«
Steve sagte: »Miss Bude erschoß Miss Halsey. Der Senator hat für diese Zeit ein Alibi. Aber Henry hat sie nicht erschossen. Fran, bitte erzähle ...«
»William war immer ein Feigling«, hatte Alice Bude gesagt, »er wird zusammenbrechen.«
»Es war Alice«, schluchzte der Senator. »Es ist alles ihre Schuld; ich hätte Miss Halsey nie ermordet. Alice ...«
Jenkins' kleine Äuglein schossen Hohn und Verachtung. »Einer Frau die Schuld andrehen, natürlich. Sie haben sie dazu getrieben. Sie sagten, sie müsse Ihnen helfen. Sie hatten nicht den Mumm, es zuzugeben. Vergessen Sie nicht, wie Sie von diesem brennenden Schiff herunterkamen! Mir reicht's, Captain Scott. Bringen Sie mich hier weg. Ich kann nicht mehr mit ihm im gleichen Zimmer sein ...«
Zuerst jedoch brachten sie William weg. Dann kamen zwei Polizisten mit Alices schwarzem Seidenmantel. Nanette, die stumm in einer Ecke saß, starrte auf den Mantel.
»Das Flugzeug der Küstenwache wird die Leiche finden, sobald es Tag ist«, sagte Scott. »Sag ihnen, daß sie nach ihr Ausschau halten sollen. Die Frau hat sich offensichtlich im Meer das Leben genommen.«
Mr. Abernathy trat zu Nanette und sagte freundlich: »Kommen Sie, es ist vorbei.«
Nanette erhob sich. »Für mich war's, glaube ich, schon von Anfang an vorbei. Er mochte mich nicht besonders. Ich spürte es. Er hätte mich abgehängt, sobald sie

sich in Sicherheit wähnten. Es war dieses schwarze Kleid; sie wünschte nicht, daß ich davon sprach. Und dann war ich ja auch sein Alibi, als Miss Halsey...« Sie hielt inne und richtete sich würdevoll auf. »Schwamm drüber!« meinte sie tapfer. »Ich habe eben Pech gehabt. Ich wäre mit den beiden ohnehin nie ausgekommen, er hätte ja doch immer an ihren Rockschößen gehangen. Sie war eben die Stärkere. Komisch, es ist fast, als wären die beiden eine Person gewesen, ein Mörder. Finden Sie nicht auch?« Sie blickte die andern aus großen, verwunderten Augen an, den Augen eines Menschen, der über die Wahrheit gestolpert war.
»Ich glaube, da haben Sie recht«, pflichtete Abernathy ihr bei. »Ein Motiv – und im Grunde genommen ein Mörder.«
Steve fragte: »Würden Sie mir Ihren Wagen leihen, Brenn?«
Fran fuhr mit ihm ins Dorf, wo sie in einem kleinen Restaurant zu Abend aßen und sprachen, bis der Kellner ostentativ die Kerzen auf den anderen Tischen ausblies.
»Er möchte, daß wir gehen«, bemerkte Steve. »Zurück zu unseren Tanzstunden.«
»Nein. Das habe ich ganz vergessen. Wir sind entlassen.« Sie erzählte Steve von Mr. Gardens Anruf.
Nach einer Weile nahm Steve einen Umschlag aus der Tasche, schrieb etwas darauf und reichte ihn ihr. Es war ein Telegramm an Mr. Garden: »Polizei hat uns schuldlos erklärt. Mordfall abgeschlossen. Fran und ich heiraten. Grüße von beiden.«
»Bist du damit einverstanden? Natürlich erst, wenn ich eine Frau ernähren kann. Oh...« Er machte ein betrübtes Gesicht. »Ich vergaß, dir auch etwas zu sagen. Du kannst mich nicht meines vielen Geldes wegen heiraten. Ich habe gar keines. Ich meine das Testament.

Brenn hat mit ihrem Anwalt gesprochen. Es gibt irgendwo eine Kusine von ihr, und die erbt alles, außer...« Er suchte in seinen Taschen und brachte einen Ring zum Vorschein. Es war ein kleiner, altmodischer Goldring mit zwei Händen, die sich festhielten. »Ich glaube, Miss Halsey hätte gern, wenn du ihn bekommst.«
Fran wartete einen kurzen Moment, dann nahm sie den Ring. »Aber ich werde nicht lange warten. Damit du's gleich weißt.«
Steve erhob sich. »Darüber reden wir später.« Er küßte sie. Dann streifte er den Ring über ihren Finger und küßte sie erneut, bis der Kellner wehmütig sagte: »Ich verstehe ja – aber wir schließen.«
Steve klemmte Frans Arm fest unter den seinen, und dann traten sie zusammen in die warme südliche Nacht hinaus.

Inhalt

Auftritt Susan Dare 5

Eine mörderische Nacht 41

Die Wagstaff-Perlen 58

Die gefährlichen Witwen 72

Nach dem Tanz ein Mord 87

Stanley Ellin

Stanley Ellin, geboren 1916 in New York, arbeitete nach dem Studium in verschiedenen Berufen. Nach dem Zweiten Weltkrieg wurde er freier Schriftsteller.
Die Romane und Erzählungen des »Meisters des sanften Schreckens« haben ihm internationalen Ruhm eingetragen. Siebenmal wurde er mit dem Edgar-Allan-Poe-Preis ausgezeichnet, und 1975 erhielt er den »Grand Prix de la Littérature Policière«. Seine Werke wurden von Regisseuren wie Claude Chabrol, Joseph Losey und Alfred Hitchcock verfilmt.
Ellin hat sich vor allem mit seinen makaber-bösen Stories einen Namen gemacht, z. B. mit *Die Segensreich-Methode* oder *Die Spezialität des Hauses*. Er schuf damit ein völlig neues, psychologisch äußerst subtiles Genre des Kriminalromans.
Ellin starb am 31. Juli 1986 in New York.

Von Stanley Ellin sind erschienen:

Der Acht-Stunden-Mann
Im Kreis der Hölle
Die Millionen des Mr. Valentin
Nagelprobe mit einem Toten
Die schöne Dame von nebenan
Spezialitäten des Hauses
Die Tricks der alten Dame
Der Zweck heiligt die Mittel

Dorothy Sayers

Dorothy Sayers, 1893 in Oxford als Tochter eines Pfarrers geboren, studierte Philologie und gehörte zu den ersten Frauen, die die berühmte Universität ihrer Heimatstadt mit dem Titel »Master of Arts« verließen. 1922 ging sie nach London, um ihren Lebensunterhalt mit Schreiben zu verdienen. Ihre berühmten Kriminalromane und Kurzgeschichten erschienen zwischen 1923 und 1939. Danach hatte sie es – bis zu ihrem Tod am 17. Dezember 1957 – nicht mehr nötig, für ihren Broterwerb zu arbeiten.

Mit der Figur des Lord Peter Wimsey hat Dorothy Sayers einen Detektiv geschaffen, der bis heute unvergleichlich ist, weil er (und seine Erfinderin) herkömmliche Fälle zu einem psychologisch außergewöhnlich interessanten, literarischen Leseerlebnis macht.

Von Dorothy Sayers sind erschienen:

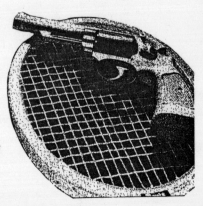

Eines natürlichen Todes
Der Fall Harrison
Feuerwerk
Die Katze im Sack
Lord Peters schwerster Fall
Der Mann, der Bescheid wußte
Der Tote in der Badewanne